# 琼瑶

## 作品大合集

# 苍天有泪 1

## 无语问苍天

琼瑶 著

作家出版社

琼瑶，本名陈喆，作家、编剧、作词人、影视制作人。原籍湖南衡阳，1938年生于四川成都，1949年随父母由大陆赴台生活。16岁时以笔名心如发表小说《云影》，25岁时出版首部长篇小说《窗外》。多年来笔耕不辍，代表作包括《烟雨蒙蒙》《几度夕阳红》《彩云飞》《海鸥飞处》《心有千千结》《一帘幽梦》《在水一方》《我是一片云》《庭院深深》等。

多部作品先后改编成为电影及电视剧，琼瑶也因此步入影视产业。《六个梦》系列、《梅花三弄》系列、《还珠格格》系列等，影响至深，成为几代读者与观众共同的记忆。

琼瑶以流畅优美的文笔，编织了众多曲折动人的故事。其作品以对于梦的憧憬和爱的执着，与大众流行文化紧密结合，风靡半个多世纪，成为华文世界中极重要的文学经典。

我為愛而生，我為愛而寫
文字裡度過多少春夏秋冬
文字裡寫下多少青春浪漫
人世間雖然沒有天長地久
故事裡火花燃燒愛也依舊

瓊瑤

# I

这是民国八年的暮春。

天气很好，天空高而澄清，云层薄薄地飘在天空，如丝如絮，几乎是半透明的。太阳晒在人身上，有种懒洋洋的温馨。微风轻轻地吹过，空气里漾着野栀子花和松针混合的香味。正是"春色将阑，莺声渐老，红英落尽青梅小"的时节。

云飞带着随从阿超，骑着两匹马，仆仆风尘地穿过了崇山峻岭，往山脚下的桐城走去。

离家已经四年了，四年来，云飞没有和家里通过任何讯息。当初，等于是逃出了那个家庭。走的时候，几乎抱定不再归来的念头。四年的飘泊和流浪，虽然让他身上脸上，布满了沧桑。但是，他的内心，却充满了平和。他觉得，自己真正地长成，真正地独立，就在这四年之中。这四年，让他忘了自己是展家的大少爷，让他从映华的悲剧中走出来，让他做了许多自己想做的事，也让他摆脱了云翔的噩梦……如果不是连续几个晚上，午夜梦回，总是看到母亲的脸孔，他或者根本不会回来。现在，离家渐渐近了，他才感到近乡情怯的压力。中国的文字实在很有意义，一个"怯"字，把游子回家的心情写尽了。家？再回那个家，他依然充满了"怯意"。

翻过了山，地势开始低了，蜿蜒的山路，曲曲折折地向山下盘旋。桐城实在是个非常美丽的地方，四面有群山环峙，还有一条玉带溪绕着城而过，像天然的护城河一样。云飞已经听到流水的淙淙声了。

忽然，有个清越的、嘹亮的、女性的歌声，如天籁般响起，打破了四周的岑寂。那歌声高亢而甜美，穿透云层，穿越山峰，绵绵邈邈，柔柔袅袅，在群山万壑中回荡。云飞惊异极了，转眼看阿超：

"咦，这乡下地方，怎么会有这么美妙的歌声？"

阿超，那个和他形影不离的伙伴，已经像是他生命的一部分。从童年时代开始，阿超就跟随着他，将近二十年，不曾分离。虽然阿超是典型的北方汉子，耿直忠厚热情，心思不多，肚子里一根肠子直到底。但是，和云飞这么长久地相处，阿超早已被他"同化"了。虽然不会像他那样，把每件事情"文学化"，却和他一样，常常把事情"美化"。对于云飞的爱好、心事，阿超是这世界上最了解的人了。歌声，吸引了云飞，也同样吸引了他：

"是啊，这首歌还从来没听过，不像是农村里的小调儿。听得清吗？她在唱些什么？"

　　云飞就专注地倾听着那歌词，歌声清脆，咬字非常清楚，依稀唱着：

　　　　问云儿，你为何流浪？问云儿，你为何飘荡？问云儿，你来自何处？问云儿，你去向何方？问云儿，你翻山越岭的时候，可曾经过我思念的地方？见过我梦里的脸庞？问云儿，你回去的时候，可否把我的柔情万丈，带到她身旁，告诉她，告诉她，告诉她……唯有她停留的地方，才是我的天堂……

　　云飞越听越惊奇，忍不住一拉马缰，往前急奔：
　　"我倒要去看看，这是谁在唱歌？"

　　对雨凤而言，那天是她生命中的"猝变"，简直是一个"水深火热"的日子。
　　雨凤是萧鸣远的长女，是"寄傲山庄"五个孩子中的老大，今年才十九岁。萧鸣远是在二十年前，带着新婚的妻子，从北京搬到这儿来定居的。他建造了一座很有田园味道，又很有书卷味的"寄傲山庄"，陆续生了五个粉妆玉琢的儿女。老大雨凤十九，雨鹃十八，小三十四，小四是唯一的男孩，十岁，小五才七岁。可惜，妻子在两年前去世了。整个家庭工作，和抚养弟妹的工作，都落到长女雨凤和次女雨鹃的身上。所幸，雨凤安详恬静，雨鹃活泼开朗，大家同心协力，五个孩子，彼此安慰，彼此照顾，才度过了丧母的悲痛期。

　　每天这个时候，带着弟妹来瀑布下洗衣，是雨凤固定的工作。今天，小五很乖，一直趴在水中那块大石头上，手里抱着她那个从不离身的小兔儿，两眼崇拜地看着她，不住口地央求着：

　　"大姊，你唱歌给我听，你唱《问云儿》！"

　　可怜的小五，母亲死后，她已经很自然地把雨凤当成母亲了。雨凤是不能拒绝小五的，何况唱歌又是她最大的享受。她就站在溪边，引吭高歌起来。小四一听到她唱歌，就从口袋里掏出他的笛子，为她伴奏。这是母亲的歌，父亲的曲，雨凤唱着唱着，就怀念起母亲来。可惜她唱不出母亲的韵味！

　　这个地方，是桐城的郊区，地名叫"溪口"。玉带溪从山上下来，从这儿转入平地，由于落差的关系，形成小小的瀑布。瀑布下面，巨石嵯峨，水流急湍而清澈。瀑布溅出无数水珠，在阳光下璀璨着。

　　雨凤唱完一段，看到小三正秀秀气气地绞衣服，就忘记唱歌了：

　　"小三，你用点力气，你这样斯文，衣服根本绞不干……"

　　"哎，我已经使出全身的力气了！"小三拼命绞着衣服。

　　"大姊，你再唱，你再唱呀！你唱娘每天晚上唱的那首歌！"小五喊。

　　雨凤怜惜地看了小五一眼，娘！她心里还记着娘！雨凤什么话都没说，又接着唱了起来：

在那高高的天上，阳光射出万道光芒，当太阳
缓缓西下，黑暗便笼罩四方，可是那黑暗不久长，
因为月儿会悄悄东上，把光明洒下穹苍……

云飞走下了山，简直不敢相信眼前所见到的美景：

瀑布像一条流动的云，云的下方，雨凤临风而立，穿着
一身飘逸的粉色衣裳，垂着两条乌黑的大辫子，清丽的脸庞
上，黑亮的眸子在阳光下闪闪发光。她带着一种毫不造作的
自由自在，无拘无束地引吭高歌，衣袂翩翩，飘然若仙。三
个孩子，一男两女，围绕着她，吹笛的吹笛，洗衣的洗衣，
听歌的听歌，像是三个仙童，簇拥着一个仙女……时间似乎
停止在这一刻了，这种静谧，这种安详，这种美丽，这种温
馨……简直是带着"震撼力"的。

云飞呆住了。他对阿超做了一个"安静"的手势，不敢
惊扰这天籁，两人悄悄地勒马停在河对岸。

雨凤浑然不觉有人在看她，继续唱着：

即使没有太阳也没有月亮，朋友啊，你们不要
悲伤，因为细雨会点点飘下，滋润着万物生长……

忽然，云飞的马一声长嘶，划破了宁静的空气。

雨凤的歌声戛然而止，她蓦然抬头，和云飞的眼光接个
正着。她那么惊惶，那么愕然，发现自己正面对着一个英姿
飒爽的年轻男子！

小五被马嘶声吓了一跳，大叫着：

"啊……"手里的小兔子，一个握不牢，就骨碌碌地滚落水中。"啊……"她更加尖叫起来，"小兔儿！我的小兔儿……"她伸手去抓小兔子，砰的一声，就整个人掉进水里，水流很急，小小的身子，立刻被水冲走。

"小五……"雨凤转眼看到小五落水，失声尖叫。

小三丢掉手中的衣服，往水里就跳，嘴里喊着说：

"小五，抓住石头，抓住树枝，我来救你了！"

雨凤大惊失色，拼命喊：

"小三，你不会游泳啊……小三！你给我回来……"

小三没回来，小四大喊着：

"小五！小三！你们不要怕，我来了……"就跟着一跳，也砰然入水。

雨凤魂飞魄散，惨叫着：

"小四！你们都不会游泳呀……小三、小四、小五……啊呀……"什么都顾不得了，她也纵身一跃，跳进水中。

刹那间，雨凤和三个孩子全部跳进了水里。这个变化，使云飞惊得目瞪口呆。他连忙对溪水看去，只见姊弟四人，在水中狼狈地载沉载浮，又喊又叫，显然没有一个会游泳，不禁大惊：

"阿超！快！快下水救人！"

云飞喊着，就一跃下马，跳进水中。阿超跟着也跳下了水。

阿超的游泳技术很好，转眼间，就抱住了小五，把她拖上了岸。云飞也游向小三，连拖带拉地把她拉上岸。

云飞没有停留，反身再跃回水里去救小四。

小四上了岸，云飞才发现小五动也不动，阿超正着急地伏在小五身边，摇着她，拍打着她的面颊，喊着：

"喂喂！小妹妹，快把水吐出来……"

"她怎样？"云飞焦急地问。

"看样子，喝了不少水……"

"赶快把水给她控出来！"

云飞四面一看，不见雨凤，再看向水中，雨凤正惊险万状地被水冲走。

"天啊！"

云飞大叫，再度一跃入水。

岸上，小三小四连滚带爬地扑向小五，围绕着小五大叫。

"小五，你可别死……"小三大喊。

小四一巴掌打在小三肩上：

"你胡说八道些什么？小五！睁开眼睛看我，我是四哥呀！"

"小五！我是三姊呀！"

阿超为小五压着胃部，小五吐出水来，哇的一声哭了。

"大姊……大姊……"小五哭着喊。

"不得了，大姊还在水里啊……"小四惊喊，往水边就跑。

小三和小五跳了起来，跟着小四跑。

阿超急坏了，跑过去拦住他们，吼着：

"谁都不许再下水！你们的大姊有人在救，一定可以救起来！"

水中，雨凤已经不能呼吸了，在水里胡乱地挣扎着。身子随着水流一直往下游冲去。云飞没命地游过来，伸手一抓，没有抓住，她又被水流带到另一边，前面有块大石头，她的脑袋，就直直地向大石头上撞去，云飞拼了全身的力量，往前飞扑，在千钧一发的当儿，拉住了她的衣角，终于抱住了她。

云飞游向岸边，将雨凤拖上岸，阿超急忙上前帮忙，三个孩子跌跌撞撞，奔的奔，爬的爬，扑向她，纷纷大喊：

"大姊！大姊！大姊……"

雨凤躺在草地上，已经失去知觉。云飞埋着头，拼命给她控水。她吐了不少水出来，可是，仍然不曾醒转。

三个孩子见雨凤昏迷不醒，吓得傻住了，全都瞪着她，连喊都喊不出声音了。

"姑娘，你快醒过来！醒过来！"云飞叫着，抬头看到三个弟妹，喊，"你们都来帮忙，搓她的手，搓她的脚！快！"

弟妹们急忙帮忙，搓手的搓手，搓脚的搓脚，雨凤还是不动，云飞一急，此时此刻，顾不得男女之嫌了，一把推开了三个弟妹。

"对不起，我必须给她做人工呼吸！"

云飞就扑在她身上，捏住她的鼻子，给她施行人工呼吸。

雨凤悠然醒转了，随着醒转，听到的是弟妹在呼天抢地地喊"大姊"，她心里一急，就睁开了眼睛。眼睛才睁开，就陡然接触到云飞的炯炯双瞳，正对自己的面孔压下，感觉到一个湿淋淋的年轻男子，扑在自己身上，这一惊真是非同小可。

"啊……"她大喊一声，用力推开云飞，连滚带爬地向后退，"你……你……你……要做什么？做什么……"

云飞这才吐出一口长气来，慌忙给了她一个安抚的微笑：

"不要惊慌，我是想救你，不是要害你！"他站起身来，关心地看着她，"你现在觉得怎样？有没有呼吸困难？头晕不晕？最好站起来走一走看！"他伸手去搀扶她。

雨凤更加惊吓，急忙躲开：

"你不要过来！不要过来！"她爬了两步，坐在地上，睁大眼睛看着他。

云飞立刻站住了。

"我不过来，我不过来，你不要害怕！"他深深地注视她，看到她惊慌的大眼中，黑白分明，清明如水，知道她已经清醒，放心了。"我看你是没事了！真吓了我一跳！好险！"他对她又一笑，说，"欢迎回到人间！"

雨凤这才完全清醒了，立即一阵着急，转眼找寻弟妹，急切地喊：

"小五！小四！小三！你们……"

三个孩子看到姊姊醒转，惊喜交集。

"大姊……"小五扑进她怀里，把头埋在她肩上，不知是哭还是笑，"大姊，大姊，我以为你死了！"就紧紧地搂着她的脖子，不肯放手。

雨凤惊魂未定，心有余悸，也紧紧地搂着小五：

"哦！谢谢天，你们都没事……不要怕，不要怕，大姊在这儿！"

小五突然想到了什么，抬头紧张地喊：

"我的小兔儿，还有我的小兔儿！"

小四生气地嚷：

"还提你的小兔儿，就是为了那个小兔儿，差点全体都淹死了！"

小五哽咽起来，心痛已极地说：

"可是，小兔儿是娘亲手做的……"

一句话堵了小四的口，小四不说话了，姊弟四个都难过起来。

云飞一语不发，就转身对溪水看去，真巧，那个小兔子正卡在两块岩石之间，并没有被水冲走。云飞想也不想，再度跃进水。

一会儿，云飞湿淋淋地、笑吟吟地拿着那个小兔子，走向雨凤和小五：

"瞧！小兔儿跟大家一样，没缺胳臂没缺腿，只是湿了！"

"哇！小兔儿！"小五欢呼着，就一把抢过小兔子，紧紧地搂在怀中，立刻破涕为笑了。

雨凤拉着小五，站起身来，看看大家，小三的鞋子没有了，小四的衣服撕破了，小五的辫子散开了，大家湿淋淋。至于云飞和阿超，虽然都是笑脸迎人，一副满不在乎的样子，但是头发衣角全在滴水，真是各有各的狼狈。

雨凤突然羞涩起来，摸摸头发，又摸摸衣服，对云飞低语了一句：

"谢谢。"

"是我不好，吓到你们……"云飞慌忙说。

雨凤伸手去拉小四小三小五：

"快向这两位大哥道谢！"

小三、小四、小五就一排站着，非常有礼貌地对云飞和阿超一起鞠躬，齐声说：

"谢谢两位大哥！"

云飞非常惊讶，这乡下地方，怎么有这么好的教养？完全像是书香门第的孩子。心里惊讶，嘴里说着：

"不谢不谢，请问姑娘，你家住在哪儿？要不要我们骑马送你们？"

雨凤还来不及回答，雨鹃出现了。

雨鹃和雨凤只差一岁，看起来几乎一般大。姊妹两个长得并不像，雨凤像娘，文文静静、秀秀气气。雨鹃像爹，虽然也是明眸皓齿，就是多了一股英气。萧鸣远常说，他的五个孩子，是"大女儿娇，二女儿俏，小三最爱笑，小四雄赳赳，小五是个宝"。可见萧鸣远对自己的儿女，是多么自豪了。确实，五个孩子各有可爱之处。但是，雨凤的美和雨鹃的俏，真是萧家的一对明珠！

雨鹃穿过草地，向大家跑了过来，喊着：

"大姊！小三……你们在做什么呀……爹在到处找你们！"她一个站定，惊愕地看着湿淋淋的大家，睁大了眼睛，"天啊！你们发生什么事了？"

雨凤急忙跑过去，跟她摇摇头：

"没事，什么事都没有，拜托拜托，千万别告诉爹，咱们快回去换衣服吧！"一面说，一面拉着她就走。

雨鹃诧异极了，不肯就走，一直对云飞和阿超看。哪儿跑来这样两个年轻人？一个长得恂恂儒雅，一个长得英气勃勃，实在不像是附近的乡下人。怎么两个人和雨凤一样，都是湿答答？她心中好奇，眼光就毫无忌惮地扫向两人。云飞接触到一对好生动、好有神的眸子，不禁一怔，怎么？还有一个？喊"大姊"，一定是这家的"二姊"了！怎么？天地的钟灵毓秀，都在这五个姊弟的身上？

就在云飞闪神的时候，雨凤已经推着雨鹃，拉着弟妹，急急地跑走了。

阿超拾起溪边的洗衣篮，急忙追去：

"哎哎……你们的衣服！"

阿超追到雨凤，送上洗衣篮。雨凤慌张地接过衣服，就低着头往前急走。雨鹃情不自禁，回头又看了好几眼。

转眼间，五个人绕过山脚，就消失了踪影。

云飞走到阿超身边，急切地问：

"你有没有问问她，是哪家的姑娘？住在什么地方？"

阿超被云飞那种急切震动了，抬眼看他，跌脚大叹：

"唉，我怎么那么笨！"想了想，对云飞一笑，机灵地说，"不过，一家有五个兄弟姊妹，大姊会唱歌……这附近，可能只有一家，大少爷，咱们先把湿淋淋的衣服换掉，不要四年不回家，一回家就吓坏了老爷！至于其他的事，好办！交给我阿超，我一定给你办好！"

云飞被阿超这样一说，竟然有些赧然起来，讪讪地说：

"谁要你办什么事！"

阿超悄眼看云飞，心里实在欢喜。八年了，映华死去已经八年，这是第一次，他看到云飞又能动心了，好难啊！他一声呼啸，两匹马就嘚嘚地奔了过来。

终于，到家了！

"展园"依然如故，屋宇连云，庭院深深。亭台楼阁，画栋雕梁，耸立在桐城的南区，占据了几乎半条大林街。

云飞带着阿超一进门，就被老罗他们给包围了。那些家丁们用狂喜的声音，从大门口一直喊进大厅，简直是惊天动地：

"老爷啊！太太啊！大少爷回来了！大少爷和阿超一起回来了！老爷啊……"

展家的"老爷"名叫展祖望。在桐城，是个鼎鼎大名的人物。桐城的经济和繁荣，祖望实在颇有贡献。虽然，他的动机只是赚钱。展家三代经营的是钱庄，到了祖望这一代，他扩而大之，开始做生意。如果没有他，把南方的许多东西运到桐城来卖，说不定桐城还是一个土土的小山城。现在桐城什么都有，南北货、绸缎庄、金饰店、粮食厂……什么都和展家有关。

当老罗高喊着"大少爷回来了"的时候，祖望正在书房里和纪总管核对账簿，一听到这种呼喊，震动得脸色都变了。纪总管同样地震动，两人丢开账簿，就往外面跑。跑出书房，大太太梦娴已经颤巍巍地奔出来了，二太太品慧带着天虹、天尧、云翔……都陆续奔出来。

祖望虽然家业很大，却只有两个儿子。云飞今年二十九岁，是大太太梦娴所生。小儿子二十五岁，是姨太太品慧所生。祖望这一生，最大的遗憾，就是儿女太少。这仅有的两个儿子，就是他的命根。可是，这两个命根，也是他最大的心痛！云飞个性执拗，云翔脾气暴躁，兄弟两个，只要在一起就如同水火。四年前，云飞在一次家庭战争后，居然不告而别，一去四年，杳无音讯。他以为，这一生，可能再也看不到云飞了。现在，惊闻云飞归来，他怎能不激动呢？冲出房间，他直奔大厅。

云飞也直奔大厅。他才走进大厅，就看到父亲迎面而来。在父亲后面，一大群的人跟着，母亲是头一个，脚步踉踉跄跄，发丝已经飘白。一看到老父老母，后面的人，他就看不清了，眼中只有父母了。丫头仆人，也从各个角落奔了出来，挤在大厅门口，不相信地看着他……嘴里喃喃地喊着："大少爷！"

家！这就是"家"了。

祖望走在众人之前，定睛看着云飞。眼里，全是"不相信"。

"云飞？是你！真的是你？"他颤声地问。

云飞热烈地握住祖望的胳臂，用力地摇了摇：

"爹……是我，我回来了！"

祖望上上下下地看他，激动得不能自已：

"你就这样，四年来音讯全无，说回来就回来了？"

"是！一旦决定回来，就分秒必争，等不及写信了！"

祖望重重地点着头，是！这是云飞，他毕竟回来了。他定定地看着他，心里有惊有喜，还有伤痛，百感交集，忽然间就生气了：

"你！你居然知道回来，一走就是四年，你心里还有这个老家没有？还有爹娘没有？我发过几百次誓，如果你敢回家，我……"

祖望的话没有说完，梦娴已经迫不及待地扑了过来，一见到云飞，泪水便冲进眼眶，她急切地抓住云飞的手，打断了祖望的话：

"谢谢老天！我早烧香，晚烧香，总算皇天不负苦心人，让我把你给盼回来了！"说着，就回头看祖望，又悲又急地喊，"你敢再说他一个字，如果再把他骂走了，我和你没完，我等了四年才把他等回来，我再也没有第二个四年好等了！"

云飞仔细地看梦娴，见母亲苍老憔悴，心中有痛，急忙说：

"娘！是我不好，早就该回家了！对不起，让您牵挂了！"

梦娴目不转睛地看着云飞。伸手去摸他的头发，又摸他的面颊，惊喜得不知道要怎样才好：

"你瘦了，黑了，好像也长高了……"

云飞唇边，闪过一个微笑：

"长高？我这个年龄，已经不会再长高了。"

"你……和以前好像不一样了，眼睛都凹下去了，在外面，一定吃了好多苦吧！"梦娴看着这张带着风霜的脸，难掩自己的心痛。

"不不，我没吃苦，只是走过很多地方，多了很多经验……"

品慧在旁边已经忍耐了半天，此时再也忍不住，提高音量开口了：

"哎哟！我以为咱们家的大少爷，是一辈子不会回来了呢！怎么？还是丢不开这个老家啊！想当初走的时候，好像说过什么……"

祖望一回头，喝阻地喊：

"品慧！云飞回来，是个天大的喜事，过去的事，谁都不许再提了！你少说几句！云翔呢？"

云翔已经在后面站了好久，听说云飞回来了，他实在半信半疑，走到大厅，看到了云飞，他才知道，这个自己最不希望的事，居然发生了！最不想见到的人，居然又出现了！他冷眼看着父亲和大娘在那儿惊惊喜喜，自己是满心的惊惊怒怒。现在，听到祖望点名叫自己，只得排众而出，脸上虽然带着笑，声音里却全是敌意和挑衅，他高声地喊着：

"我在这儿排队，没轮到我，我还不敢说话呢！"

他走上前去，一巴掌拍到云飞的肩上："你真是个厉害的角色，我服了你了！这四年，你到哪里享福去了？你走了没有关系，把这样一个家全推给我！上上下下，里里外外，又是钱庄，又是店铺……你知道展家这几年多辛苦吗？你知道我快要累垮了吗？可是，哈哈，展家可没有因为你大少爷不在，有任何差错！你走的时候，是家大业大；你回来的时候，是家更大，业更大！你可以回来捡现成了！哈哈哈哈！"

云飞看着咋呼着的云翔，苦笑了一下，话中有刺地顶了回去：

"我看展家是一切如故，家大业大，气焰更大！至于你……"他瞪着云翔看了一会儿，"倒有些变了！"

"哦？我什么地方变了？"云翔挑着眉毛。

"我走的时候，你是个'狂妄'的二少爷，我回来的时候，你已经变成一个'嚣张'的二少爷了！"

云翔脸色一沉，一股火气往脑门里冲，他伸手揪住云飞胸前的衣襟：

"你不要以为过了四年，我就不敢跟你动手……"

"住手！你们兄弟两个，就不能有一点点兄弟的样子吗？谁敢动手，今天别叫我爹！云翔，你给我收敛一点！听到了吗？"祖望大喝。

云翔用力地把云飞一放，嘴里重重地哼了一声。

品慧就尖声地叫了起来：

"哎哟！老爷子，你可不要有了老大，就欺负老二！虽然云翔是我这个姨太太生的，可没有丢你老爷子的脸！人家守着你的事业，帮你做牛做马，从来没有偷过半天懒，没有一个闹脾气就走人……"

家？这就是家！别来无恙的家！依然如故的家！一样的慧姨娘，一样的云翔！云飞废然一叹：

"算了，算了，考虑过几千几万次要不要回来，看样子，回来，还是错了！"带着愠怒，他转身就想走。

梦娴立刻冲到门边去，拦门而立，凄厉地抬头看他，喊：

"云飞，你想再走，你得踩着我的尸体走出去！"

"娘！你怎么说这种话！"云飞吃了一惊，凝视母亲，在母亲眼底，看出了这四年的寂寞与煎熬。一股怆恻的情绪立即抓住了他。他早就知道，一旦回来，就不能不妥协在母亲的哀愁里："放心，我既然回来了，就不会再轻易地离开了！"

梦娴这才如释重负，透出了一口长气。

在大厅一角，天虹静悄悄地站在那儿，像一个幽灵。天虹，是纪总管的女儿，比云飞小六岁，比云翔小两岁。她和哥哥天尧，都等于是展家养大的。天虹自幼丧母，梦娴待她像待亲生女儿一样。她曾经是云飞的"小影子"，而现在，她只能远远地看着他。自从跟着大家冲进大厅，一眼看到他，依旧翩然儒雅，依旧玉树临风，她整个人就痴了。她怔怔地凝视着他，在满屋子的人声喊声中，一语不发。这时，听到云飞一句"不会再轻易离开了"，她才轻轻地吐出一口气。

云翔没有忽略她的这口气，眼光骤然凌厉地扫向她。突然间，云翔冲了过去，一把握住她的手腕，把她用力地拉到云飞面前来：

"差点忘了给你介绍一个人！云飞，这是纪天虹，相信你没有忘记她！不过，她也变了！你走的时候，她是纪天虹小姐，现在，她是展云翔夫人了！"

云飞走进家门以后，给他最大的震撼，就是这句话了。他大大地震动了，深深地凝视天虹，眼神里充满了震惊、疑问和无法置信。没想到，这个小影子，竟然嫁给了云翔！怎么会？怎么可能？

天虹被动地仰着头，看着云飞，眼里盛着祈谅，盛着哀伤，盛着千言万语，却一句话也说不出口。

纪总管有些紧张，带着天尧，急忙插了进来：

"云飞，欢迎回家！"

云飞看看纪总管，看看天尧：

"纪叔，天尧！你们好！"

祖望也觉得气氛有点紧张，用力地拍了拍手，转头对女仆们喊：

"大家快来见过大少爷，不要都挤在那儿探头探脑！"

于是，齐妈带着锦绣、小莲和女仆们一拥而上。齐妈喊着：

"大少爷，欢迎回家！"

仆人、家丁，也都喊着：

"大少爷！欢迎回家！"

云飞走向齐妈，握住她的手：

"齐妈，你还在这儿！"

齐妈眼中含泪：

"大少爷不回来，老齐妈是不会离开的！"

阿超到了这个时候，才有机会来向祖望和梦娴行礼：

"老爷、太太！"

"阿超，你一直都跟着大少爷？"梦娴问。

"是！四年以来，从来没有离开过！"

祖望好感动，欣慰地拍着阿超的肩：

"好！阿超，好！"

云翔看到大家围绕着云飞，连阿超都被另眼相看，心中有气，夸张地笑起来：

"哈哈！早知道出走四年，再回家可以受到英雄式的欢迎，我也应该学习学习，出走一下才对！"

祖望生怕兄弟二人再起争执，急忙打岔，大声地说：

"纪总管，今天晚上，我要大宴宾客，你马上通知所有的亲朋好友，一个都不要漏！店铺里的掌柜，所有的员工，统统给我请来！"

"是！"纪总管连忙应着。

"爹……"云飞惊讶，想阻止。

祖望知道他的抗拒，挥挥手说：

"不要再说了，让我们父子，好好地醉一场吧！"

云翔更不是滋味，咬了咬嘴唇，挑了挑眉毛，叫着说：

"哇！家里要开流水席了，不知道是不是还要找戏班子来唱戏，简直比我结婚还隆重！"他再对云飞肩上重重一拍："对不起，今晚，我就不奉陪了！我和天尧，还有比迎接你这位大少爷，更重要几百倍的正事要办！"

云翔说完，掉头就走，走到门口，发现仍然痴立着的天虹，心里更气，就伸手一把握住她的手腕，咬牙说：

"你跟我一起走吧，别在这儿杵着，当心站久了变成化石！"

云翔拉着天虹，就扬长而去了。

云飞看着云翔和天虹的背影，心里在深深叹息。家，这就是家了。


　　见面后的激动过去了，云飞才和梦娴齐妈，来到自己以前的卧室，他惊异地四看，房间纤尘不染，书架上的书、桌上的茶杯、自己的笔墨，床上的棉被枕头，全都收拾得整整齐齐，好像自己从来没有离开过一样。他抬头看梦娴，心里沉甸甸地压着感动和心痛。齐妈含泪解释：

　　"太太每天都进来收拾好几遍！晚上常常坐在这儿，一坐就是好几小时！"

　　云飞什么话都说不出来。梦娴就欢喜地看齐妈：

　　"齐妈！你等会儿告诉厨房，大少爷爱吃的新鲜菱角、莲子、百合……还有那个狮子头、木樨肉、珍珠丸子……都给他准备起来！"

　　"还等您这会儿来说吗？我刚刚就去厨房说过了！不过，今晚老爷要开酒席，这些家常菜，就只能等到明天吃了！"

　　梦娴看云飞：

　　"你现在饿不饿？要不然，现在当点心吃，我去厨房看看！"

　　"娘！你不要忙好不好？我……"云飞不安地喊。

　　"我不忙不忙，我最大的享受，就是看着你高高兴兴地吃东西！你就满足了我这一点儿享受吧！"梦娴说着，就急急地跑出房去了，云飞拦都拦不住。

　　梦娴一走，云飞就着急地看着齐妈，忍不住脱口追问：

　　"齐妈，你告诉我，天虹怎么会嫁给云翔了？怎么可能呢？"

"那就说来话长了。总之，是给二少爷骗到手了。"齐妈叹了一口气。

"听你的口气，她过得不好？"云飞有些着急。

"跟二少爷在一起，谁能过得好？"

"那……纪总管跟天尧呢？他们会眼睁睁看着天虹受委屈吗？"

"纪总管攀到了这门亲，已经高兴都来不及了，他跟了你爹一辈子，还不是什么都听你爹的，至于天尧……他和二少爷是死党，什么坏事，都有他一份！他是不会帮天虹的！就是想帮，大概也没有力量帮，只能眼睁眼闭罢了。"齐妈抬眼看他，关心地问，"你……不是为了天虹小姐回来的吧？"

云飞一愣：

"当然不是！我猜到她一定结婚了，就没想到她会嫁给云翔！"

"这是债！天虹小姐大概前生欠了二少爷，这辈子来还债的！"齐妈突然小声地说，"你这一路回来，有没有听到大家提起……'夜枭队'这个词？"

"夜枭队？那是什么东西？"他愕然地问。

齐妈一咬牙：

"那……不是东西！反正，你回来了，什么都可以亲眼看到了！"她突然激动起来，"大少爷呀……这个家，你得回来撑呀！要不然，将来大家都会上刀山，下油锅的！"

"这话怎么说？"

"我有一句话一定要问你！"

"什么话？"

"你这次回来，是长住呢？还是短住呢？"

他皱了皱眉头，想了想，坦白地说：

"看娘那样高兴，我都不知道怎样开口，刚刚在大厅，只好说不会离开……事实上，我只是回家看看，预备停留两三个月的样子！我在广州，已经有一份自己的事业了！"

"你娶亲了吗？"

"这倒没有。"

齐妈左右看看，飞快地对他说：

"我告诉你一个秘密，你可别让太太知道我说了，你娘……她没多久好活了！"

"你说什么？"云飞大惊。

"你娘，她有病，从你走了之后，她的日子很不好过，身体就一天比一天差，看中医，吃了好多药都没用，后来去天主教外国人办的圣心医院检查，外国大夫说，她腰子里长了一个东西，大概只有一两年的寿命了！"

云飞睁大眼睛：

"你说真的？没有骗我？"

"大少爷，我几时骗过你！"

云飞大受打击，脸色灰白，一屁股跌坐在椅子上，一句话也说不出来了。他这才知道，午夜梦回，为什么总是看到母亲的脸。家，对他而言，就是母亲的期盼，母亲的哀愁。他抬眼看着窗外，一股怆恻之情，就源源涌来，把他牢牢地包围住了。

## 2

　　"寄傲山庄"这个名字，是鸣远自己题的，那块匾，也是自己写的。这座山庄，依山面水，环境好得不得了。当初淑涵一走到这儿，就舍不得离开了。建造这个山庄，他花了不少心血，尽量让它在实用以外，还能兼顾典雅。二十年来，也陆续加盖了一些房间，给逐渐报到的孩子住。这儿，是淑涵和他的"天堂"，是萧家全家的"堡垒"，代表着"温馨、安详、满足"和"爱"。

　　可是，鸣远现在心事重重，只怕这个"天堂"，会在转瞬间失去。

　　晚上，鸣远提着一盏风灯出门去。雨凤拿着一件外套，追了出来：

　　"爹，这么晚了，你要去哪里？"

　　"我出去散散步，马上就回来，你照顾着弟弟妹妹！"

　　"那……你加一件衣服，看样子会变天，别着凉！"雨凤帮鸣远披上衣服。

鸣远披好衣服，转身要走。

"爹！"雨凤喊。

"什么事？"

"你……你不要在外面待太久，现在早晚天气都很凉，山口那儿，风又特别大，我知道你有好多话要跟娘说，可是，自己的身子还是要保重啊！"

鸣远一震，看雨凤：

"你……你怎么知道我要去你娘那儿？"

"你的心事，我都知道。你每晚去那儿，我也知道。"雨凤解人地、温柔地说，"你不要太担心，我想，展家那笔借款，一定会有办法解决的，你不是常说，人间永远有希望，天无绝人之路吗？"

鸣远苦笑：

"以前，我对人生的看法比现在乐观多了。自从你娘去世之后，我已经无法那样乐观了……"说着，不禁怜惜地看雨凤："你实在是个体贴懂事的好孩子，这些年来，爹耽误你了。应该给你找个好婆家的，我的许多心事里，你和雨鹃的终身大事，也一直是我的牵挂啊！不知道你自己，有没有见到什么合意的人呢？如果见到了，别害羞，要跟爹说啊，你知道你爹很多事都处理不好……"

雨凤脸一红，嘴一噘，眼一热：

"你今天是怎么了？说这些干吗？"

鸣远笑笑，挥了挥手：

"好好，我不说不说了！"他转身去了。

鸣远出门去了，雨凤就带着弟妹，挤在一张通铺上面"说故事"。

"故事"是已经说了几百遍，可是小五永远听不倦的那个。

雨凤背靠着墙坐着，小五怀抱小兔子，躺在她的膝上。雨鹃坐在另一端，手里拿着一本书在看。小四仰卧着，伸长了手和腿，小三努力要把他压在自己身上的手脚搬开。雨凤看着弟妹们，心里漾着温柔。她静静地、熟练地述说着：

"从前，在热闹的北京城，有一个王府里，有个很会唱歌的格格。格格的爹娘，请了一个很会写歌的乐师，到王府里来教格格唱歌。格格一见到这位乐师，就知道她遇见了这一生最重要的人。他们在一起唱歌，一起写歌。那乐师写了好多歌给格格……"

小五仰望着雨凤，接口：

"像是《问云儿》《问燕儿》。"

"对！像是《问云儿》《问燕儿》。于是，格格和那个年轻人，就彼此相爱了，觉得再也不能分开了，他们好想成为夫妻。可是，格格是许过人家的，不可以和乐师在一起，格格的爹不允许发生这种事……"

"可是，他们那么相爱，就像诗里的句子：'生死相许'。"这次，接口的是小三。

"是的。他们已经生死相许了，怎么可能再分开呢？他们这份感情，终于感动了格格的娘，她拿出她的积蓄，交给格格和乐师，要他们拿去成家立业，条件是，永远不许再回到北京……"

小四翻了个身，睁大眼睛，原来他并没有睡着，也接口了：

"所以，他们就到了桐城，发现有个地方，山明水秀，像个天堂，他们就买了一块地，建造了一个寄傲山庄，过着神仙一样的生活。"

雨凤点头，想起神仙也有离散的时候，就怆恻起来。有些难过地，轻声说：

"是的，神仙一样的生活……然后，生了五个孩子……"

"那就是我们五个！"小五欢声地喊。

"是，那就是我们五个。爹和娘说，我们是五只快乐的小鸟儿，所以，我们的名字里，都有一个'鸟'字……"

雨鹃忽然把书往身边一丢，一唬地站起身来。

"你听到了吗？"

雨凤吓了一跳，吃惊地问：

"听到什么？"

雨鹃奔到窗前，对外观望。

窗外，远远地，有无数火把，正迅速地向这儿移近。隐隐约约，还伴着马蹄杂沓，隆隆而至。

雨鹃变色，大叫：

"马队！有一队马队，正向我们这儿过来！"

五个姊弟全体扑到窗前去看。


这个时候，鸣远正提着风灯，站在亡妻的墓前，对着墓地说话：

"淑涵，实在是对不起你，你走了两年，我把一个家弄得乱七八糟，现在已经债台高筑，不知道要怎么善后才好。五个孩子，一个赛一个地乖巧可爱……只是，雨凤和雨鹃，都已经到了结婚的年龄，却被这个家拖累了，至今没有许配人家，小四十岁了，是唯一的男孩，当初我答应过你，一定好好地栽培他，桐城就那么两所小学，离家二十里，实在没办法去啊，所以我就在家里教他……"鸣远停止自言自语，忽然听到了什么，抬起头来，但见山下的原野上，火把点点，马队正在飞驰。

鸣远一阵惊愕：

"马队？这半夜三更，怎有马队？"他再定睛细看，手里的风灯砰然落地："天啊！他们是去寄傲山庄！天啊……是'夜枭队'！"

鸣远拔脚便向寄傲山庄狂奔而去，一面狂奔，一面没命地喊着：

"孩子们不要怕，爹来了……爹来了……"

如果不是因为云飞突然回家，云翔那晚不会去大闹寄傲山庄的。虽然寄傲山庄迟早要出问题，但是，说不定可以逃过一劫。

云飞回来，祖望居然大宴宾客，云翔的一肚子气，简直没有地方可以发泄。再加上天虹那种"魂都没了"的样子，把云翔怄得快要吐血。云飞这个"敌人"，怎么永远不会消失？怎么阴魂不散？云翔带着马队出发的时候，偏偏天尧又不识相，还要劝阻他，一直对他说：

"云翔，你就忍一忍，今晚不要出去了！寄傲山庄迟早是咱们的，改一天再去不行吗？"

"为什么今晚我不能出去？我又不是出去饮酒作乐，我是去办正事耶！"

"我的意思是说，你爹在大宴宾客，我们是不是好歹应该去敷衍一下？"

"敷衍什么？敷衍个鬼！我以为，云飞早就死在外面了，没想到他还会回来，而老头子居然为他回来大张旗鼓地请客！气死我了，今晚，谁招惹到我谁倒霉！你这样想参加云飞的接风宴，是不是你也后悔，没当成云飞的小舅子，当成了我的？"

"你这是什么话？"天尧脸都绿了，"好吧！咱们走！"

于是，云翔带着马队，和他那些随从打着火把，浩浩荡荡地奔向寄傲山庄。

马队迅速地到了山庄前面，马蹄杂沓，吼声震天，火把闪闪，马儿狂嘶。一行人直冲到寄傲山庄的院子外。

"大家冲进去，不要跟他们客气！"云翔喊。

马匹就从四面八方冲进篱笆院，篱笆哗啦啦地响着，纷纷倒下。

雨凤、雨鹃带着弟妹，在窗内看得目瞪口呆，小五吓得簌簌发抖。

雨鹃往外就冲，一面回头对雨凤喊：

"你看着几个小的，不要让他们出来，我去看看是哪里来的土匪！"

"你不要出去，会送命的呀！我们把房门闩起来吧！"雨凤急喊。

云翔已经冲进院子，骑在马背上大喊：

"萧鸣远！你给我出来！"

随从们就扬着火把，吼声震天地跟着喊：

"萧鸣远！出来！出来！快滚出来！萧鸣远……萧鸣远……萧鸣远……"

雨凤和雨鹃相对一怔，雨鹃立即对外就冲，嘴里嚷着：

"是冲着爹来的，我不去，谁去！"

"我不能让你一个人去，小三，你守着他们……"雨凤大急，追着雨鹃，也往外冲去。

"我跟你们一起去！"小四大叫。

"我也去！"小三跟着跑。

"还有我！还有我……"小五尖叫。

于是，三个小孩紧追着雨鹃雨凤，全都奔了出去。

院子里面，火把映得整个院子红光闪闪，云翔那一行人像凶神恶煞般在院子里咆哮，马匹奔跑践踏，到处黑影幢幢，把羊栏里的羊和牛群惊得狂鸣不已。云翔勒着马大叫：

"萧鸣远，你躲到哪儿去了！再不出来，我们就不客气了！"

"萧鸣远，杀人偿命，欠债还钱，你的时辰到了！跑也跑不了，躲也躲不掉，干脆一点，出来解决，别做缩头乌龟！"天尧也跟着喊。

叫骂喧闹中，雨鹃从门内冲了出来，勇敢地昂着头，火光照射在她脸上，自有一股不凡的美丽和气势：

"你们是些什么人？半夜三更在这儿狼嚎鬼叫！我爹出门去了，不在家！你们有事，白天再来！"

云翔瞪着雨鹃，仰头哈哈大笑了：

"天尧，你听到了吗？叫我们白天再来呢！"

"哈哈！姓萧的居然不在家，大概出门看戏去了，云翔，你看我们是在这儿等呢，还是乖乖地听话，明天再来呢！"天尧嚷着。

雨鹃还没说话，雨凤奔上前来，用清脆的声音，语气铿然地问：

"请问你们是不是展家的人？哪一位是展二爷？"

云翔一怔，火把照射之下，只见雨凤美丽绝伦，立刻起了轻薄之心。他跳下马来，马鞭一扬，不轻不重地绕住了雨凤的脖子，钩起了雨凤的下巴，往上一拉，雨凤就不得不整个面庞都仰向了他。

"哦？你也知道我是展二爷，那么，就让你看一个够！对，不错，我是展二爷，你要怎样？"他的眼光，上上下下地看着她。

雨凤被马鞭一缠，大惊，挣扎地喊：

"放开我！有话好好说！大家都是文明人！你这是要干什么？咳咳……咳咳……"马鞭在收紧，雨凤快要窒息了。

雨鹃一看，气得浑身发抖，想也没想，伸手就抢那条马鞭，云翔猝不及防，马鞭竟然脱手飞去。

云翔又惊又怒，立即一反手，抓回马鞭，顺手一鞭抽在雨鹃身上：

"反了！居然敢抢你二爷的马鞭！你以为你是个姑娘，我就会对你怜香惜玉吗？"

雨鹃挨了一鞭，脸上立刻显出一道血痕。她气极地一仰头，双眸似乎要喷出火来，在火把照射下，两眼闪闪发光地死瞪着云翔，怒喊：

"姓展的！你不要因为家里财大势大，就在这儿作威作福！我们家不过是欠了你几个臭钱，没有欠你们命！不像你们展家，浑身血债，满手血腥……总有一天，会被天打雷劈……"

云翔大笑：

"哈哈哈哈！带种！这样的妞儿我喜欢！"马鞭一钩，这次钩的是雨鹃的脖子，把她的脸庞往上拉。"天尧！火把拿过来，给我照照，让我看个清楚……"

十几支火把全伸过来，照着雨鹃那张怒不可遏的脸庞。云翔看到一张健康的、年轻的、帅气的脸庞，那对燃烧着怒火的大眼睛，明亮夺人，几乎让人不能逼视。云翔惊奇极了，怎么不知道萧老头有两个这么美丽的女儿？

雨凤急坏了，也快气疯了：

"你们怎么可以这样？难道桐城已经没有法律了吗？你们放手，快放手……"就伸手去拉扯马鞭。

这时，小四像点燃的火箭般直冲而来，一头撞在云翔的肚子上，尖声怒骂着：

"你们这些强盗、土匪！你们敢打我姊姊，我跟你们拼命！"说完，又抓住云翔的胳臂，一口死命地咬下去。

"混蛋！"云翔大怒，他抓住小四，用力摔在地上，"来人呀！给我打！狠狠地打！"

随从奔来，无数马鞭抽向小四。小三就尖叫着冲上前来：

"不可以！"她合身扑在小四身上，要保护小四。

"怎么还有一个！管他的！一起打！"云翔惊愕极了。

马鞭雨点般抽向小三小四，两个孩子痛得满地打滚。小五吓得哇的一声，放声大哭了。

雨凤和雨鹃，看到小三小四挨打，就没命地扑过来，拼命去挡那些马鞭，可怜怎么挡得住，因而两人浑身上下，手上脸上，都挨了鞭子。

雨鹃就凄厉地，愤怒地大喊：

"你们一个个雄赳赳的大男人，骑着大马，跑到老百姓家里来鞭打几个手无寸铁的孩子！你们算是英雄好汉吗？做这样伤天害理的事，不怕老天有眼吗？不怕绝子绝孙吗？"

"好厉害的一张嘴！天尧！"云翔抬头吩咐，"我看这萧老头是不准备露面了，故意派些孩子出来搅和，以为就可以过关！他也太小看我展某人了！"就扬声对大家喊："大伙儿给我进去搜人！"

一声令下，众人响应，顿时间，一阵稀里哗啦，乒乒乓乓，房门飞开，鸡栏羊圈散开，鸡飞狗跳。大家进屋的进屋，去牛棚的去牛棚，两只乳牛，被火把惊得飞奔而出，羊群四散，一时间，乱成一团。

"找不到萧老头！"随从报告。

"看看是不是躲在柴房里，去用烟熏他出来！"云翔大声说。

一个随从奔向柴房，一支火炬摔在柴房顶上，刹那间，柴房就陷入火海之中。

这时，鸣远连滚带爬地从外面飞奔回来，见到如此景象，魂飞魄散，哀声大喊：

"展二爷，手下留情啊！"

"萧老头来了！萧老头来了！"大家七嘴八舌地喊。

小四、小三浑身是伤地从地上爬起，哭喊着"爹！"奔向鸣远。

鸣远喘息地看着五个孩子，见个个带伤，小五躲在雨凤怀中，吓得面无人色，再看燃烧的柴房，狂奔的鸡牛，不禁痛不欲生，对云翔愤怒地狂喊：

"你怎么可以这样？我欠了你的钱，我在努力地筹，努力地工作，要还给你呀！你怎么可以到我家里来杀人放火？他们五个，和你无仇无恨，没有招你惹你，你怎么下得了手？你简直不是人，你是一个魔鬼！"

"我对你们这一家子，已经完全失去耐心了！"云翔用马鞭的柄指着鸣远的鼻子，斩钉截铁地说，"让我清清楚楚地告诉你，这儿早已不是你的家，不是什么狗屁寄傲山庄了！他是我的！去年你就把它卖给我了！我现在是来收回被你霸占的房产地产，老子自己的房子，爱拆就拆，爱烧就烧，你们几个，从现在开始，就给我滚出去！"

"我什么时候把房子卖给你了？我不过是借了你的钱而

已！"鸣远又惊又怒。

"天尧！把他自己写的字据拿给他看！我就知道这些没品的东西，管他念过书还是没念过书，赖起账来全是一个样子！"

天尧下马，走上前去，从怀里掏出一张字据，远远地扬起：

"你看！你看！上面写得清清楚楚，如果去年八月十五不还钱，整个寄傲山庄的房舍、田地、牲口全归展云翔所有！去年八月就到期了，我们已经对你一延再延，你还有什么话可说？"

"那是逼不得已才写上去的呀……"鸣远悲愤地喊。

雨鹃站在天尧身边，看着那张字据，突然不顾一切地纵身一跃，居然抢到了字据。刺啦一声，字据撕破了，天尧急忙去抢回，雨鹃慌忙把字据塞进嘴巴里，嚼也不嚼，就生吞活咽地吃下肚去了。天尧惊喊：

"嘀！居然有这一招！"

云翔一伸手，掐住雨鹃的面颊，让她面对自己：

"哈哈！带种！这个妞儿我喜欢！"就掉头对鸣远说："萧老头，我们办个交涉，你把这个女儿给我做小老婆，我再宽限你一年如何？"

鸣远一口口水，对着云翔脸上啐去，大喊：

"放开你的脏手，你敢碰我的女儿，我跟你拼了！"他扑上前去抓云翔。

"你这死老头，敬酒不吃吃罚酒，来人呀！给我打！重重地打！"

随从们应着，一拥而上，拳头、马鞭齐下，立即把鸣远打倒在地。云翔不甘心，走过去又对他死命地踹，边踹边骂：

"我早就说过，今天晚上，谁招惹我谁就倒霉！你不怕死，你就试试看！"

五个孩子，看得心惊胆战，狂叫着爹。雨鹃抬头看着云翔，咬牙切齿地大喊：

"姓展的！你已经没有字据了，这儿是我们的寄傲山庄，请你带着你的狐群狗党滚出去！"

云翔仰天大笑，从怀里再掏出一张字据来，扬了扬又揣回怀里：

"你看看这是什么？你爹这种字据，我有十几张，你毁了一张，我还有的是呢！何况，这寄傲山庄的房契、地契，老早就被你爹押给我了……"

这时，火已经从柴房延烧到正房，火势越来越大，火光冲天。

"爹！我们的房子全着火了！爹！"小三惊呼着。

雨凤惨叫：

"娘的月琴，爹的胡琴，全在里面呀……"她推开小五，就往火场奔去。

雨鹃一看，火势好猛，整个山庄都陷在火海里了，就一把抱住雨凤：

"你疯了吗？这个时候还往里面跑！"

马群被火光刺激，仰首狂嘶，牛栏被牛冲开了，两头受惊的乳牛在人群中奔窜，随从们拉马的拉马，赶牛的赶牛，一片混乱。雨凤、雨鹃、小三、小四都赶去扶起鸣远，鸣远挣扎着站起身来，忽然发现身边没有小五。

"小五！小五在哪里？"鸣远大喊。

只听到火焰深处，传来小五的呼唤：

"小兔儿！我来救你了！"

鸣远吓得魂飞魄散：

"天啊！她跑进去了……"他想也不想，就对着火场直冲进去。

雨凤、雨鹃、小四、小三一起放声狂叫：

"爹……小五……爹……"

鸣远早已没命地钻进火场，消失无踪。

雨凤和雨鹃就要跟着冲进去，天尧带着随从迅速地拦住。

"不要再进去！"天尧喊，"没看到房子就要塌了吗？"

雨凤、雨鹃、小三、小四瞪着那熊熊大火，个个惊吓得面无人色。不会哭，也不会叫了，只是瞪着那火焰，似乎要用眼光和灵魂，来救出鸣远和小五。

如此一个转变，使所有的人都镇住了，连云翔和天尧也都被震慑了，大家都安静下来，不约而同地对火场看去。

火焰越烧越旺，一阵稀里哗啦，屋顶崩塌了，火苗蹿升到空中，无数飞蹿的火星，像焰火般散开。火光照射下，是雨凤、雨鹃、小三、小四四张惊吓过度、悲痛欲绝的脸孔。

云翔没有想到会这样，他再狠，也不至于要置人于死地。天尧默然无语，随从们都鸦雀无声。个个瞪着那无情的大火。

忽然，从那火焰中，鸣远全身着火地抱着小五，狂奔而出。

大家惊动，一个随从大喊：

"哥儿们！大家救人呀！"

随从们就奔上前去，纷纷脱下上衣，对鸣远挥打着。

鸣远倒在地上翻滚，小五从他手中跌落，滚向另一边。雨凤、雨鹃、小三、小四哭奔过去，叫爹的叫爹，叫小五的叫小五。小五滚进雨凤的怀里，身上的火焰已经被扑灭，头发衣服都在冒烟，脸上全是黑的，也不知道有多少烧伤，看起来好生凄惨。她嘴里，还在呻吟着：

"小兔儿，小兔儿……"

雨凤的泪水顿时滚滚而下，紧按着小五，哽咽不成声地喊：

"谢谢老天，你能说话，你还活着！"

鸣远却没有小五那么运气，他全身是伤，头发都烧焦了。当身上的火扑灭以后，他已奄奄一息。睁开眼睛，他四面找寻，哑声地低喊：

"雨凤……雨鹃……小三……小四……小五……"

五个孩子簇拥在鸣远身边，拼命掉着眼泪，不知道要怎样才能挽救父亲。雨鹃抬头对众人凄厉地喊：

"赶快做个担架啊，赶快送他去看大夫啊……"

鸣远继续呻吟着：

"雨凤……"

雨凤泣不成声地搂着小五，跪坐在鸣远身边：

"爹，我在这儿，爹……"

鸣远努力睁大眼睛，看着雨凤：

"照顾他们！"

雨凤泪落如雨：

"爹！我会的，我会的……"

雨鹃边哭边说：

"爹，你撑着点儿，我们马上送你去看大夫……"

鸣远的眼光，十分不舍地扫过五个子女，声音嘶哑而苍凉：

"我以为这儿是个天堂，是你们可以生长的地方，谁知道，天堂已经失火了……孩子们，爹对不起你们……以后，靠你们自己了。"

鸣远说完，身子一阵抽搐，头就颓然而倒，带着无数的牵挂，与世长辞了。

雨凤和小三、小四，惨烈地狂喊出声：

"爹……"

雨鹃跳起身子，对众人疯狂般地尖叫：

"快送他去看大夫呀……快呀……快呀……"

天尧俯下身子，摸了摸鸣远的鼻息和颈项，抬起头来看着五个兄弟姊妹，黯然地说：

"你们的爹，已经去世了。"

这一声宣告，打破了最后的希望。雨凤、雨鹃、小三、小四就茫然失措地，痛不欲生地发出人间最凄厉的哀号：

"爹……"

四人的声音，那样惨烈，那样高亢……似乎喊到了天地的尽头。

大家都震慑住了，没人说话。只有熊熊的火，发出不断的爆裂声。

片刻，云翔回过神来，振作了一下。他的眼神阴暗，面无表情，走上前来，掏出一个钱袋，丢在五人身边，说：

"我只想收回我的房产，并不希望闹出人命，你爹是自己跑到火场里去烧死的，这可完全是个意外！这些钱拿去给你爹办个丧事，给你们小妹请个大夫，自己找个地方去住……至于这寄傲山庄呢，反正已经是一片焦土了，我还是要收回，不会因为你爹的去世，有任何改变。话说完了，大家走！"

云翔一挥手，那些随从就跃上了马背。五个孩子跪在鸣远身边，都傻在那儿，一个个如同化石，不敢相信鸣远已死的事实。

骤然间，雨鹃拾起那个钱袋，奔向云翔，将那钱袋用力扔到云翔脸上去。她抬起满是泪痕的脸孔，眼里的怒火，和寄傲山庄的余火相辉映。她嘶吼着：

"收回你的臭钱，这每块钱上，都沾着你杀人的血迹，我可以饿死，我可以穷死，不会要你这个血腥钱，带着你的钱和满身血债，你滚！你滚……"逼近一步，她用力狂喊，"你滚……"

云翔老羞成怒，把钱袋一把抓住，怒声地说：

"和你那个死老头一样，又臭又硬，不要就不要，谁在乎？我们走！"

一阵马嘶，马蹄杂沓，大队人马，就绝尘而去了。

雨凤、小三、小四、小五仍然围着鸣远的尸体，动也不动。……

寄傲山庄继续崩塌，屋子已经烧焦，火势渐渐弱了。若干地方，仍然冒着火舌，余火不断，烟雾满天。

雨鹃站在火焰的前面，突然仰首向天，对天空用力地伸出双手，发出凄厉的大喊：

"天上的神仙，你们都给我听着，我萧雨鹃对天发誓！我要报仇！我要报仇……我要报仇……"

雨鹃的喊声穿透云层，直入云霄。

寄傲山庄的火星依旧飞窜，和满天星斗共灿烂，一起做了雨鹃血誓的见证。

# 3

晓雾迷蒙，晨光初露，展家的楼台亭阁，绮窗朱户，都掩映在雾色苍茫里。

大地还是静悄悄的，沉睡未醒。

展家的回廊深院，也是静悄悄的。

忽然，天虹从回廊深处，转了出来，像一只猫一样，脚步轻柔无声，神态机警而紧张，她不时回头张望，脚下却毫不停歇，快步向前走着。她经过一棵树下，一只鸟突然飞起，引起群鸟惊飞。她吃了一惊，立即站住了，四面看看，见整个庭院，仍是一片沉寂，她才按捺下急促跳动的心，继续向前走去。

她来到云飞的窗前，停住了，深吸了一口气，镇定了一下自己，伸手轻叩窗棂。

云飞正躺在床上，头枕在手上，睁大眼睛看着天花板。这是一个漫长的夜，太多的事压在他的心头，母亲的病，天虹的嫁，父亲的喜出望外，云翔的跋扈嚣张……他几乎彻夜无眠。

听到窗子上的响声，他立刻翻身下床。

"谁？"他问。

"是我，天虹。"天虹轻声回答。

云飞急忙走到窗前，打开窗子。立刻，他接触到天虹那对炙热的眼光：

"我马上要去厨房，帮忙张嫂弄早餐，我利用这个时间，来跟你讲两句话，讲完，我就走！"

云飞震动着，深深看她：

"哦？"

天虹盯着他，心里激荡着千言万语。可是，没有办法慢慢谈，她的时间不多。她很快地开了口，长话短说，把整夜未眠，整理出来的话，一股脑儿倾倒而出：

"这些年来，我最不能忘记的，就是你走的前一天晚上，你谁都没告诉，就只有告诉我，你要走了！记得那天晚上，我曾经说过，我会等你一辈子……"

他不安地打断她：

"不要再提那些了，当时我就告诉过你，不要等我，绝对不要等我……"他咽口气，摇摇头，"我不会怪你的！"

她心里掠过一抹痛楚，极力压抑着自己激动的情绪。

"我知道你不会怪我，虽然，我好希望……你有一点怪我……我没办法跟你长谈，以后，我们虽然住在一个围墙里，一个屋檐下，但是，我们能够说话的机会，恐怕等于零。所以，我必须告诉你，我嫁给云翔，有两个理由……”

“你不需要跟我解释……”

“需要！”她固执地说，回头张望，“我这样冒险前来，你最起码听一听吧！”

“是。”云飞屈服了。

“第一个理由，是我真的被他感动了，这些年来，他在我身上，下了不知道多少功夫，使我终于相信，他如果没有我简直活不下去！所以，我嫁给他的时候很真诚，想为他而忘掉你！”

他点头不语。

“第二个理由，是……我的年龄已经不小，除了嫁入展家，我不知道还有什么理由，可以让我名正言顺地在展家继续住下去，永远住下去？所以……我嫁了！”

云飞心中一震，知道她说的，句句是实话，心里就涌起一股巨大的歉疚。她咬咬嘴唇，抽了口气，继续说：

“我知道，我们现在的地位，实在不方便单独见面。别说云翔是这样忌讳着你，就算他不忌讳，我也不能出一丁点儿的错！更不能让你出一丁点儿的错！所以，言尽于此。我必须走了！以后，我想，我也不会再来打搅你了！”她抬眼再看他，又加了一句，“还有一句话放在心里一天一夜，居然没机会对你说：‘欢迎回家’！真的……”她的眼眶红了，诚挚地，发自内心地再重复一次，“欢迎回家！”说完，她匆匆地转身，“我去了！”

“天虹！”他忍不住低喊了一声。

她回过头来。

他想说什么，又打住了，只说：

"你……自己保重啊！"

她点点头，眼圈一红，快步地跑走了。

他目送她那瘦弱的身子，消失在花木扶疏的园林深处，他才关上窗子。转过身来，他情不自禁地往窗子上重重一靠，心里沉甸甸地压着悲哀。唉！家，这就是属于"家"的无奈，才回家第一天，就这样把他层层包裹了。


早餐桌上，云飞才再一次见到云翔。

一屋子的人，已经围着餐桌坐下了，纪总管也过来一起吃早餐。纪总管在展家已经当了三十几年的总管，掌管着展家所有的事业。早在二十几年前，祖望就把东跨院拨给纪家住，所以，纪总管等于住在展家。祖望只要高兴，就把他们找来一起吃饭。

天虹和丫头们侍候着，天虹真像个"小媳妇"，闷不吭声地，轻悄地摆着碗筷，云飞进门，她连眼帘都不敢抬。祖望兴致很好，看着云飞，打心眼里高兴着，一直对纪总管说：

"好不容易，云飞回来了，你要安排安排，哪些事归云飞管，哪些事归云翔管，要分清楚！你是总管，可别因为云翔是你的女婿，就偏了云翔，知道吗？"又掉头看云飞，"家里这些事业，你想做什么，管什么，你尽管说！"

云飞不安极了，很想说明自己什么都不想管，又怕伤了祖望的感情，看到梦娴那样安慰的眼神，就更加说不出来了。

纪总管一迭连声地应着：

"一定的，一定的！云飞是大哥，当然以云飞为主！"

品慧哼了一声，满脸的醋意，还来不及说什么，云翔大步地走进餐厅来，一进门就夸张地对每个人打招呼：

"爹早！娘早！纪叔早！大家早！"

祖望有气：

"还早？我们都来了，你最后一个才到！昨晚……"

云翔飞快地接口：

"别提昨晚了！昨晚你们舒舒服服地在家里吃酒席，我和天尧累得像龟孙子一样，差点连命都送掉了！如果你们还有人怪我，我也会翻脸走人哦！"

"你昨晚忙什么去了？"祖望问。

云翔面不改色地回答：

"救火呀！"

品慧立刻惊呼起来：

"救火？你到哪里去救火了？别给火烫到，我跟你说过几百次，危险的地方不要去！我只有你这一个儿子啊！"

云翔走到祖望面前，对父亲一抱拳：

"爹，恭喜恭喜！"

"恭喜我什么？"祖望被搅得一头雾水，忽然想起，"是啊！你哥回来，大家都该觉得高兴才是！"

"爹！你不要满脑子都想着云飞好不好？我恭喜你，是因为溪口那块地，终于解决了，我们的纺织工厂，下个月就可以开工兴建了！"

纪总管惊喜地看着他：

"这可真是一件天大的喜事，这块地已经拖了两年了！那萧老头搬了？"

"搬了！"云翔一屁股坐进位子里，夸张地喊着，"我快饿死了！"

天虹急忙端上饭来。云翔忽然伸手把她的手腕一扣，冷冷地说：

"家里有丫头老妈子一大群，用得着你一大早跑厨房，再站着侍候大家吃饭吗？"

"我……不是每天都这样做的吗？"天虹一愣，有点心虚地嗫嚅着。

"从今天起，不要做这种表面文章了，是我的老婆，就拿出老婆的谱来！坐下！"云翔用力一拉，天虹砰然一声落座。

纪总管抬头看看天虹，不敢有任何反应。

云飞暗中咬咬牙，不能说什么。

云翔稀里呼噜地扒了一口稀饭，抬头对云飞说：

"纺织工厂，原来是你的构想，可惜你这个人，永远只有理想，没有行动。做任何事，都顾虑这个，顾虑那个，最后就不了了之！"

云飞皱皱眉头：

"我知道你是心狠手辣，无所顾忌的，想必，你已经做得轰轰烈烈了！"

"轰轰烈烈倒未必，但是，你走的时候，它是八字没一撇，现在，已经有模有样了！我不知道你是未卜先知呢，还是回来得太凑巧？不过，我有句话要说在前面，对于我经手的事情，你最好少过问！"

云飞心中有气，瞪着云翔，清晰有力地说：

"让我清清楚楚地告诉你！我这次回来，不是要跟你争家产，不是要跟你抢地盘！如果我在乎展家的万贯家财，我当初就不会走！既然能走，就是什么都可以抛开！你不要用你那个狭窄的心思，去扭曲每一个人！你放心吧，你做的那些事，我一样都不会插手！"

"哈哈！好极了！我就要你这句话！"云翔抬头，大笑，环视满桌的人，"爹！娘！大娘，还有我的老婆，和我的老丈人，你们大家都听见了！你们都是见证！"他再掉头，锐利地看云飞，"自己说出口的话，可别反悔，今天是四月五日早晨……"他掏出一个怀表看，"八点四十分！大家帮忙记着！如果以后有人赖账……"

祖望情绪大坏，把筷子重重地往桌上一放，说：

"你们兄弟两个，就不能让我有一点点高兴的时候吗？就算是在我面前演演戏，行不行？为什么一见面就像仇人一样呢？"

祖望这一发怒，餐厅里顿时鸦雀无声。

梦娴急忙给云飞使眼色，示意他不要再说，天虹面无表情，纪总管赔着笑脸，品慧斜睨着云飞，一股不屑的样子。云飞心里大大一叹，唉！家！这就是家了！


寄傲山庄烧毁之后的第三天，萧鸣远就草草地下了葬。

下葬那天，是凄凄凉凉的。参加葬礼的，除了雨凤、雨鹃、小三、小四以外，就只有杜爷爷和杜奶奶这一对老邻居了。事实上，这对老夫妻，也是溪口仅有的住户了，在鸣远死后，是他们两夫妻收留了雨凤姊弟。要不然，这几天，他们都不知道要住到哪儿去才好。寄傲山庄付之一炬，他们不只失去了家和父亲，是失去了一切。身上连一件换洗衣服都没有。是杜奶奶找出几件她女儿的旧衣裳，连夜改给几个孩子穿。杜奶奶的女儿，早已嫁到远地去了。

在"爱妻安淑涵之墓"的旧坟旁边，新掘了一个大洞。雨凤雨鹃姊妹，决定让父亲长眠在母亲的身边。

没有人诵经，没有仪式，棺木就这样落入墓穴中。工人们收了绳索，一铲一铲的泥土盖了上去。

雨凤、雨鹃、小三、小四穿着麻衣，站在坟前，个个形容憔悴，眼睛红肿，呆呆地看着那泥土把棺木掩盖。

杜爷爷拈了一炷香过来，虔诚地对墓穴说话：

"鸣远老弟，那天晚上，我看到火光，赶到寄傲山庄的时候，你已经去了，我没能见你最后一面，真是痛心极了！你那几只牲口，我就做了主，给你卖了，得的钱刚刚够给你办个丧事……小老弟，我知道你最放心不下的，就是你这五个孩子！可惜我们邻居，都已经被展家逼走了，剩下我和老太婆，苦巴巴的，不知道怎样才能帮你的忙……"

杜奶奶也拈着香，接口说：

"可是，雨凤雨鹃是那么聪明伶俐，一定会照顾好弟弟妹妹，鸣远，你就安心地去吧！"

雨凤听到杜爷爷和杜奶奶的话，心里一阵绞痛，再也忍不住，含泪看着墓穴，凄楚地开了口：

"爹，你现在终于可以和娘在一起了！希望你们在天之灵，保佑我们，给我们力量，因为……爹……"她的泪水滚落下来，"我不像你想象的那样坚强，我好害怕……小五从火灾以后到现在，都是昏昏沉沉的，所以不能来给你送终，你知道，她从小身体就不好，现在，身上又是伤，又受了惊吓，我真怕她撑不下去……爹，娘，请你们保佑小五，让她好起来！请你们给我力量，让我坚强，更请你们给我一点指示，这以后，我该怎么办？"

小四倔强地忍着，不让眼泪掉下来，这时，一挺肩膀，抬头说：

"大姊，你不要担心，我是家里唯一的男孩，我已经十岁，可以做很多事了，我会挑起担子，做活养活你们！听说大风煤矿在招人手，我明天就去矿场工作！"

雨鹃一听这个话，气就来了，走上前去，抓着小四一阵乱摇，厉声说：

"把你刚刚说的那些蠢话，全体收回去！"

小四被抓痛了，挣扎地喊：

"你干吗？"

雨鹃眼睛红红的，大声地说：

"对！你是我们家唯一的男孩，是萧家的命脉！爹平常是如何器重你，为了你，我常常和爹吵，说他重男轻女！他一天到晚念叨着，要让你受最好的教育，将来能去北京念大学！现在，爹身子还没冷呢，你就想去当矿工了，你就这么一点儿出息吗？你给我向爹认错！"就压着小四的后脑，要他向墓穴低头，"告诉爹，你会努力念书，为他争一口气！"

小四倔强地挺直了脖子，就是不肯低头，恨恨地说：

"念书有什么用，像爹，念了那么多书，最后给人活活烧死……"

雨鹃一气，伸手就给了小四一巴掌，小四一躲，打在肩膀上。

"雨鹃！"雨凤惊喊，"你怎么了？"

小四挨了打，又惊又气又痛，抬头对雨鹃大叫：

"你打我？爹活着的时候，从没有打过我，现在爹才刚死，你就打我！"

小四喊完，一转身就跑，雨凤飞快地拦住他，一把将他死死地抱住，哽咽地喊：

"你去哪里？我们五个，现在是相依为命，谁也不能离开谁！"她蹲下身子，握紧小四的双臂，含泪说："二姊打你，是因为她心里积压了太多的伤心，说不出口。你是萧家唯一的男孩，她看着你，想着爹，她是代替爹，在这儿'望子成龙'啊！"

雨鹃听到雨凤这话，正是说中她的心坎。她的泪就再也忍不住，稀里哗啦地流了下来。她扑过去，跪在地上，紧紧地抱住小四，哭着喊：

"小四！原谅我，原谅我……"

小四一反身，什么话都没说，也紧紧地拥住雨鹃。

小三忍不住，跑了过来，伸手抱住大家。

"我想哭，我好想哭啊！"小三哽咽着。

雨凤把弟妹全体紧拥在怀，沉痛地说：

"大家哭吧！让我们好好地哭一场吧！"

于是，四个兄弟姊妹抱在一起，哭成一团。

旁边的杜爷爷和杜奶奶，也不能不跟着掉泪了。


鸣远总算入土为安了。

晚上，萧家五姊弟挤在杜爷爷家的一间小房间里，一筹莫展。桌上，桐油灯忽明忽暗的光线，照射着躺在床上的小五。小五额上，烧伤的地方又红又肿，起了一溜水泡，手上、脚上，全是烫伤。雨凤和小三，拿着杜奶奶给的药膏，不停地给她擦。但是，小五一直昏昏沉沉，嘴里喃喃呓语。

雨鹃在室内像困兽般地走来走去。

雨凤好担心，目不转睛地看着小五，着急地说：

"雨鹃，你看小五这个伤……我已经给她上了药，怎么还是起水泡了？不知道会不会留疤？小五最爱漂亮，如果留了疤，怎么办？"

雨鹃低着头，只是一个劲儿地走来走去，似乎根本没有听到雨凤的话。

小五低喃地喊着：

"小兔儿，小兔儿……"

"可怜的小五，为了那个小兔儿，一次掉到水里，一次冲进火里，最后，还是失去了那个小兔子！"雨凤难过极了，她弯下腰去，摸着小五的头，发现额头烧得滚烫，害怕起来，哀声地喊，"小五，睁开眼睛看看大姊，跟大姊说说话，好不好？"

小五转动着头，痛苦地呻吟着：

"爹，爹！小兔儿……救救小兔儿……"

小三看着小五，恐惧地问雨凤：

"大姊，小五会不会……会不会……"

站在窗边的小四，激动地喊了起来：

"不会！她会好起来！明天就又活蹦乱跳了！"他就冲到床前，摇着小五，大声地说，"小五！你起来，我给你当马骑，带你去看庙会！我扮小狗狗给你看！扮孙悟空给你看！随你要做什么，我都陪你去，而且永远不跟你发脾气了！醒来！小五！醒来！"

小三也扑到小五床头，急忙跟着说：

"我也是，我也是！小五，只要你醒过来，我陪你跳房子，玩泥娃娃，扮家家酒……你要玩什么就玩什么，我不会不耐烦了！"

雨凤心中一酸，低头抚摸小五：

"小五，你听到了吗？你要为我们争气啊！娘去了，爹又走了，我们不能再失去你！小五，睁开眼睛看看我们吧！"

小五似乎听到兄姊们的呼唤，睁开眼睛看了看，虚弱地笑了笑：

"大姊，大姊……"

"大姊在这儿，你要什么？"雨凤急忙俯下身子去。

"好多鸟鸟啊！"小五神志不清地说。

"鸟鸟？哪儿有鸟鸟？"雨凤一愣。

小五的眼睛又闭上了，雨凤才知道她根本没有清醒，她急切地伸手摸着小五的头和身子，着急地站起身来，对雨鹃说：

"她在发烧，她浑身滚烫！我们应该送她去城里看大夫，这样拖下去不是办法！可是，我们一块钱都没有，怎么办呢？现在住在杜爷爷家，也不是办法，我们五个人要吃，杜爷爷和杜奶奶已经够辛苦了，我们不能老让别人养着，怎么办呢？"

雨鹃站定，啪的一声，在自己脑袋上狠狠地敲了一记，恨恨地说：

"我就是笨嘛！连一点大脑都没有！骄傲是什么东西？能够换饭吃吗？能够给小五请大夫吗？能够买衣服鞋子吗？能够换到可住的地方吗？什么都不会！为什么要把钱袋还给那个王八蛋呢？不用白不用！"

"现在懊恼这个也没有用，事实上，我也不会收那个钱的！爹的山庄，叫'寄傲山庄'，不是吗？"

"寄傲山庄？寄傲山庄已经变成灰烬了！还有什么'傲不傲'？"雨鹃拼命在那个窄小的房间里兜圈子，脚步越走越急，"我已经想破了脑袋，就是想不出办法，不知道怎样才可以混进他们展家，一把火把他们家给烧得干干净净！"

雨凤瞪着雨鹃，忍不住冲到她面前，抓住她的双臂，摇着她，喊着：

"雨鹃，你醒一醒！小五躺在那儿，病得人事不知，你不想办法救救小五，却在那儿想些做不到的事！你疯了吗？我需要你和我同心协力照顾弟弟妹妹！求求你，先从报仇的念头里醒过来吧！现在，我们最需要做的事，不是报仇，是怎样活下去！你听到了吗？"

雨鹃被唤醒了，她睁大眼睛看着雨凤。然后，她一转身，往门口就走。

"你去哪儿？"

"去桐城想办法！"

"你是存心和我怄气还是鬼迷心窍了？这儿离桐城还有二十里，半夜三更，你怎么去桐城？到了桐城，全城的人都在睡觉，你怎么想办法？"

雨鹃一阵烦躁，大声起来：

"总之，坐在这儿是一点办法都没有的，我去城里再说！"

雨凤的声音也大了：

"你现在毫无头绪，一个人摸黑进城去乱闯，如果再出事，我不如一头撞死算了！"

雨鹃脚一跺，眼眶红了：

"你到底要我怎么办？"

这时，一声门响，杜爷爷和杜奶奶走了进来。杜奶奶走到雨凤身边，手里紧握着两块大洋，塞进她手里，慈祥地说：

"雨凤雨鹃，你们姊妹两个不要再吵了，我知道你们心里有多急，这儿是两块大洋……是我们家里所有的钱了，本来，是留着做棺材本的……可是，活着才是最重要……快拿去给小五治病吧！明天一早，用我们那个板车，推她去城里吧！"

雨凤一愣：

"杜奶奶……我……我怎么能拿你们这个钱？"

杜爷爷诚挚地接了口：

"拿去吧！救小五要紧，城里有中医又有西医，还有外国人开的医院，外国医生好像对烧伤很有办法，上次张家的阿牛在工厂里被烫伤，就是去那儿治好的！连疤都没有留！"

雨凤眼里燃起了希望：

"是吗？连疤都没有留吗？"

"没错！我看小五这情况，是不能再耽搁了。"

雨凤手里握着那两块大洋，心里矛盾极了：

"可是……可是……"

杜奶奶把她的手紧紧一合，让她握住那两块大洋：

"这个节骨眼，你就别再说可是了！等你们有钱的时候，再还我，嗯？我和老头子身子骨还挺硬朗的，这个钱可能好几年都用不着！"

雨凤握紧了那个救命的钱，不再说话了。

雨鹃走过来，扑通一声，就给杜爷爷和杜奶奶跪下了。

雨鹃这一跪，雨凤也跪下了。

雨凤这一跪，小三和小四上前，也一溜跪下了。

杜爷爷和杜奶奶又惊又慌，伸出手去，不知道该拉哪一个才好。

第二天一早，小五就躺在一个手推板车上，被兄姊们推到桐城，送进了"圣心医院"。这家医院是教会办的，医生护士都很和气，立刻诊治了小五。诊治的结果，让姊妹两个全都心惊胆战了。

"你们送来太晚，她的烧伤，本来不严重，可是她现在已经受到细菌感染，必须住院治疗，什么时候能出院，要看她恢复的情况！你们一定要有心理准备，她的存活率只有百分之五十！"医生说。

雨凤站不稳，跌坐在一张椅子里：

"百分之五十……这么说，她有生命危险……"

"确实，她有生命危险！"

"那……住院要多少钱？"雨鹃问。

"我们是教会医院，住院的费用会尽量算得低！但是，她必须用最新的消炎药治疗，药费很高，当然，你们也可以用普通的药来治，治得好治不好，就要碰运气了！"

雨凤还来不及说话，雨鹃斩钉截铁地，坚定有力地说：

"大夫，请你救救我妹妹，不管多贵的药，你尽管用，医药费我们会付出来的！"

小五住进了一间大病房，病房里有好多人，像个难民营一样。小五躺在那张洁白的大床里，显得又瘦又小，那脆弱的生命，似乎随时可以消失。雨凤、雨鹃没办法在病床前面照顾，要出去找钱。只得叮嘱小三小四，守在病床前面照顾妹妹。把缴住院费剩下的钱，大部分都交给了小三。姊妹两个看着人事不知的小五，看着茫然失措的小三和小四，真是千不放心，万不放心。但是，医药费没有，住处没有，衣食住行，样样没有……她们只得搁下那颗惴惴不安的心，出了医院，去想办法了。

桐城，是个很繁荣的城市。市中心，也是商店林立，车水马龙的。

姊妹两个，不认得任何人，没有背景，没有关系，也没有丝毫谋职的经验。两人开始了好几天的"盲目求职"。这才知道，她们将近二十年的生命，都太幸福了。像是刚孵出的小鸡，一直生活在父母温暖的大翅膀下，根本不知道什么叫"世态炎凉"，什么叫"走投无路"。

她们几乎去了每一家店铺，一家又一家地问：你们需要店员吗？你们需要人手吗？你们需要丫头吗？……得到的答案，全是摇头，看到的脸孔，都是冷漠的。

连续三天，她们走得脚底都磨出了水泡，筋疲力尽，仍然一点头绪都没有。

这天，有个好心的老板娘，同情地看着她们说：

"这年头，大家都是自己的活自己干，找工作可不容易。除非你们去'绮翠院'！"

"绮翠院在哪条街？"雨鹃慌忙问。

"就在布袋胡同！"

两人也没细问，就到了"绮翠院"，立刻被带进一间布置得还很雅致的花厅，来了一个穿得很华丽的中年妇人，对她们两个很感兴趣地，上上下下地打量。

"找工作啊？缺钱用是不是？家里有人生病吗？"妇人和颜悦色地问。

"是啊！是啊！我们姊妹粗活细活都可以干！"雨凤连忙

点头。

"我可以让你们马上赚到钱！你们需要多少？"妇人问。

雨凤一呆，觉得不大对头：

"我们的工作是什么呢？"

"你们到我绮翠院里来找工作，居然不知道我们绮翠院是干什么的吗？"妇人笑了，"大家打开窗子说亮话，如果不是没路走了，你们也不会来找我！我呢？是专门给大家解决困难的，你们来找我，就找对人了！我们这儿，就是赚钱多，赚钱快……"

"怎么个赚法？有多快？"雨鹃急急地问。

"我可以马上付给你们一人五块银元！"

"马上吗？"

"马上！而且，你们以后每个月的收入肯定在五块钱以上，只要你们肯干活！"

"我们肯干，一定肯干……"雨鹃一个劲儿地点头。

"那么，你们要写个字据给我们，保证三年之内，都在我们绮翠院做事，不转行！"说着，就推了一张字据到两人的面前。

"大婶……这工作的性质到底是……"

雨凤话没问完，房门砰然一响，一个年轻的女子，披头散发，衣衫不整地冲进门来，嘴里尖叫着：

"大婶！救我……大婶……"

在女子背后，一个面貌狰狞的男子，正狂怒地追来，怒骂着：

"妈的！你以为你还是贞洁大姑娘吗？这样也不干，那样也不干！我今天就给你一点颜色看看……你给我滚回来！"

男子伸手一抓，女子逃避不及，刺啦一声，上衣被撕破，女子用手拼命护着肚兜，哭着喊：

"大婶！救命啊……我不干了，我不干了……"

妇人正在和雨凤姊妹谈话，被这样一搅局，气坏了，抓住女子的胳臂一吼：

"不干！不干就把钱还来，你以为我绮翠院是什么地方？由得你这样说来就来，说走就走？"

男子一蹿就蹿上前来，像老鹰抓小鸡似的，捉住女子，往门外拖去，女子一路高叫着"救命"。门口，莺莺燕燕都伸头进来看热闹。

雨凤、雨鹃相对一看。雨鹃一把拉住雨凤的手，大喊：

"快跑啊！"

两人转身，夺门而去。一口气跑到街上，还继续奔跑了好一段路，才站定。两人拍着胸口，惊魂未定。

"好险，差一点把自己给卖了！"雨凤说。

"吓得我一身冷汗！马上给钱，简直是个陷阱嘛！以后不能这么鲁莽，找工作一定要先弄清楚是什么地方！"

雨凤叹口气，又累又沮丧。

"出来又是一整天，一点收获都没有，累得筋疲力尽，饿得头昏眼花，还被吓得三魂去了两魂半，现在，怎么办？"

怎么办？真的是一点办法都没有。

"不知道小五怎样了，我们还是先回医院吧！明天再继续努力！"雨鹃说。

两人疲倦地、沮丧地，彼此搀扶着回到医院。才走到病房门口，小三就满面愁容地从里面迎了出来：

"你们怎么这么久才回来？"

"小五怎样了？"雨凤心惊肉跳地问。

"小五很好，大夫说有很大的进步，烧也退了，现在睡得很香……"小三急忙说，"可是，小四不见了！"

"你说小四不见了是什么意思？他不是一直跟你在医院吗？"雨鹃惊问。

"今天你们刚走，小四就说他在医院里待不下去，他说，他出去逛逛就回来！然后，他就走了！到现在都没回来！"

雨鹃怔了怔，又急又气：

"这就是男孩子的毛病，一点耐心都没有！要他在医院里陪陪妹妹，他都待不住，气死我了！"

"可是，他去哪里了？这桐城他一共也没来过几次，人生地不熟的，他能逛到哪里去呢？"雨凤看小三，"你是不是把钱都交给他了？"

"没有啊，钱都在我这里！"

雨鹃越想越气：

"叫他不要离开小五，他居然跑出去逛街！等他回来，我非打断他的腿不可！"

正说着，小四回来了。他看来十分狼狈，衣服上全是黑灰，脸上也是东一块黑，西一块黑，脚一跛一跛的。他一抬头，看到三个姊姊，有点心慌，努力掩饰自己的跛腿，若无其事地喊：

"大姊，二姊，你们找到工作了吗？"

雨凤惊愕地看着他：

"你怎么了？遇到坏人了吗？你身上又没钱，总不会被抢劫吧？"

"你跑出去跟人打架了，是不是？我一看你的样子就知道！你不在医院里陪小五，跑到外面去闹事，你想把我气死是不是？"雨鹃看到他就生气。

"我没闹事……"

"给我看你的腿是怎么回事？"雨鹃伸手去拉他。

小四忙着去躲：

"我没事，没事，只是摔了一跤，你们女人，就是会大惊小怪！"

"你这说的什么话？我们女人，个个忙得头昏脑涨，你一个人出去逛街，还打伤了回来！你不在乎我们的辛苦，也不怕我们担心吗？"

"谁说我打伤了回来？"

"没打伤，你的腿是怎么了？"雨鹃伸手一把抓牢了他，就去掀他的裤管。

小四被雨鹃这样用力一拉，不禁"哎哟""哎哟"叫出声。

"别抓我，好疼！"

雨鹃掀开裤管一看，不禁吓了一跳，只见小四膝盖上血迹斑斑，破了好大一块。

"哎呀！怎么伤成这样？还好现在是在医院，我们赶快去找个护士小姐，给你上药包扎一下……"雨凤喊着。

"不要了！根本没怎样，上个药又要钱，我才不要上呢！"小四拼命挣扎。

"你知道什么都要钱，你为什么不安安静静地待在医院里……"雨鹃吼他。

小四实在忍不住了，突然从口袋里掏出一撮铜板，往雨鹃手里一塞：

"喏！这个给你们，付小五的医药费，我知道不够，明天再去赚！"

雨凤、雨鹃、小三全部一呆。雨凤立即蹲下身子，拉住小四的手，扳开他的手指一看。只见他的手掌上，都磨破了皮，沁着血丝。雨凤脸色发白了：

"你去哪里了？"

小四低头不语。

"你去了矿场，你去做童工？"雨凤明白了。

小四看到瞒不过去了，只好说了：

"本来以为天黑以前一定赶得回来，谁知道矿场在山上，好远，来回就走了好久，那个推煤渣的车，看起来没什么，推起来好重，不小心就摔了一跤，不过，没关系，一回生，二回熟，明天有经验了，就会好多了！"

雨凤把小四紧紧一抱，泪水就夺眶而出。

雨鹃这才知道冤枉了小四，又是后悔，又是心疼，话都说不出来了。

小四努力做出一股无所谓的样子来，安慰着两个姊姊：

"没关系！矿场那儿，比我小的人还有呢，人家都做得好好的！我明天就不会再摔了！"

"还说明天！你明天敢再去……"雨凤哽咽着喊。

"与其你去矿场推煤车，不如我去绮翠院算了！"雨鹃脱口而出。

雨凤大惊，放开小四，抓住雨鹃，一阵乱摇：

"雨鹃，你怎么说这种话，你不要吓我！你想都不能想！答应我，你想都不要想！我们好歹还是萧鸣远的女儿啊！"

"可是，我们要怎么办？"

"我们明天再去努力！我们拼命拼命地找工作，我就不相信在这个桐城，没有我们生存的地方！"她抓住小四，严重地警告他，"小四！你已经浑身都是伤，不许再去矿场了！如果你再去矿场，我……我……"她说不下去，哭了。

"大姊，你别哭嘛！我最怕看到你哭，我不去，不去就好了，你不要哭呀！"

雨凤的泪，更是潸潸而下了。

小三、雨鹃的眼眶都湿了，四人紧紧地靠在一起，彼此泪眼相看，都是满腹伤心，千般无奈。

$$4$$

第二天，雨凤雨鹃又继续找工作。奔波了一整天，依旧毫无进展。

黄昏时分，两人拖着疲倦的脚步，来到一家很气派的餐馆面前。两人抬头一看，店面非常体面，虽然不是吃饭时间，已有客人陆续入内。餐馆大门上面，挂着一个招牌，上面写着"待月楼"三个大字，招牌是金字雕刻，在落日的光芒下闪闪发光。

姊妹俩彼此互看。雨鹃说：

"这家餐馆好气派，这个时间，已经有客人出出入入了，生意一定挺好！"

"看样子很正派，和那个什么院不一样。"雨凤说。

"你不要一朝被蛇咬，十年怕草绳好不好？一看就知道不一样嘛！"

"说不定他们会要用人端茶上菜！"

"说不定他们会要厨子！"

"说不定他们需要人洗洗碗，扫扫地……"

雨鹃就一挺背脊，往前迈步：

"进去问问看！"

雨凤急忙伸手拉住她：

"我们还是绕到后门去问吧！别妨碍人家做生意……"

姊妹两个就绕道，来到待月楼的后门，看见后门半合半开，里面隐隐有笑语传出。雨鹃就鼓勇上前，她伸出手去，正要打门，孰料那门竟哗啦一声开了，接着，一盆污水哗地泼过来，正好泼了她一头一脸。

雨鹃大惊，一面退后，一面又急又气地开口大骂：

"神经病！你眼睛瞎了？泼水也不看看有没有人在外面？"

门内，一个长得相当美丽的中年女子，带着几分慵懒，几分娇媚，一扭腰走了出来。眼光对姊妹两个一瞟，就拉开嗓门，指手画脚地抢白起来：

"哎哟，这桐城上上下下，大街小巷几十条，你哪一条不好去，要到咱们家的巷子里来站着？你看这左左右右，前前后后，街坊邻居一大堆，你哪一家的门口不好站，要到我家门口来站着？给泼了一身水，也是你自找的，骂什么人？"

雨鹃气得脸色都绿了，雨凤慌忙掏出小手绢，给她胡乱地擦着说：

"算了，雨鹃，咱们走吧！别跟人家吵架了，小五还在医院里等我们呢！"

自从寄傲山庄烧毁，鸣远去世，两姊妹找工作又处处碰壁，雨鹃早已积压了一肚子的痛楚。这时，所有的痛楚，像是被引燃的炸弹，突然爆炸，无法控制了。她指着那个女子，怒骂出声：

"你莫名其妙！你知不知道这是公共地方，门口是给人站的，不是水沟，不是河，不是给你倒水的！你今天住的，是房子，不是船！这是桐城，不是苏州，你要倒水就是不可以往门外倒！"

女子一听，惊愕得挑高了眉毛。

"哟！骂起人来还挺顺溜的嘛！"就对雨鹃腰一扭，下巴一抬，不慌不忙，不疾不徐地说，"我已经倒了，你要怎样？这唱本里不是有这样一句吗？嫁出门的女儿，像泼出门的水……可见，水吗，就是给人'泼出门'的，要不然，怎么老早就有这种词儿呢！"

"你……"雨鹃气得发抖，身子往前冲，恨不得跟她去打架。

雨凤拼命拉住她，心灰意冷地喊：

"算了算了，不要计较了，我们的麻烦还不够多吗？已经家破人亡了，你还有心情跟人吵架！"

雨鹃跺着脚，气呼呼地大嚷：

"人要倒起霉来，喝水会呛死，睡觉会闷死，走路会摔死，住在家里会烧死，敲个门都会被淹死！"

雨凤不想再停留，死命拉着雨鹃走。雨鹃一面被拖走，嘴里还在说：

"怎么那么倒霉？怎么可能那么倒霉……简直是虎落平阳

被犬欺……”

身后，忽然响起那个女子清脆的声音：

“喂！你们两个！给我回来，回来！”

雨鹃霍地一回身，气冲冲地喊：

“你到底要怎样？水也给你泼了，人也给你骂了，我们也自认倒霉走人了……你还要怎样？”

那个女子笑了，有一股妩媚的风韵：

“哈！火气可真不小！我只是想问问，你们为什么要敲我的门？为什么说家破人亡？再有呢，水是我泼的，衣裳没给你弄干，我还有点儿不安心呢！回来，我找件衣裳给你换换，你有什么事，也跟我说说！”

雨鹃和雨凤相对一怔，雨凤急忙抬头，眼里绽出希望的光芒，把所有的骄傲都摒诸脑后，急切地说：

“这位大姊，我们是想找个工作，不论什么事，我们都愿意干！烧火、煮饭、洗衣、端茶、送水……什么什么都可以……”

女子眼光锐利地打量两人：

“原来你们想找工作，这么凶，谁敢给你们工作？”

雨鹃脸色一僵，拉着雨凤就走：

“别理她了！”

“回来！”女子又喊，清脆有力。

两姊妹再度站住。

“你们会唱歌吗？”

雨凤满脸光彩，拼命点头：

"唱歌？会会会！我们会唱歌！"

女子再上上下下地看二人：

"如果你们说的是真话呢，你们就敲对门了！"她一转身往里走，一面扬着声音喊："珍珠！月娥！都来帮忙……"

就有两个丫头大声应着：

"是！金大姊！"

姊妹俩不大相信地站着，以为自己听错了，站在那儿发愣。女子回头嚷：

"还发什么呆？还不赶快进来！"

姊妹俩这才如大梦初醒般，慌忙跟着向内走。


雨凤、雨鹃的转机就这样开始了。她们终于遇到了她们生命里的贵人，金银花。金银花是待月楼的女老板，见过世面，经过风霜，混过江湖。在桐城，名气不小，达官贵人，几乎都要买她的账，因为，在她背后，还有一个有权有势的人在撑腰，那个人，是拥有大风煤矿的郑老板。这家待月楼，表面是金银花的，实际是郑老板的。是桐城最有规模的餐馆。可以吃饭，可以看戏，还可以赌钱。一年到头，生意鼎盛，是"城北"的"活动中心"。在"桐城"，有两大势力，一个是城南的展家，一个就是城北的郑家。

雨凤、雨鹃两姊妹，对于"桐城"的情形，一无所知。她们熟悉的地方，只有溪口和寄傲山庄。她们并不知道，她们歪打正着，进入了"城北"的活动中心。

金银花用了半盏茶的时间，就听完了姊妹俩的故事。展家！那展家的孽，越造越多了。她不动声色，把姊妹俩带进后台的一间化妆间，呼的一声，掀开门帘，领先走了进去。雨凤、雨鹃跟了进来，珍珠、月娥也跟在后面。

"你们姊妹的故事呢，我也知道一个大概了！有句话先说明白，你们的遭遇虽然可怜，但我可不开救济院！你们有本领干活，我就把你们姊妹留下，没有本领干活，就马上离开待月楼！我不缺烧饭洗碗上菜跑堂的，就缺两个可以表演，唱曲儿，帮我吸引客人的人！"

雨凤、雨鹃不断对看，有些紧张，有些惶恐：

"这位大姊……"

金银花一回头：

"我的名字不叫'这位大姊'，我是'金银花'！年轻的时候，也登过台，唱过花旦！这待月楼呢，是我开的，大家都叫我金银花，或是金大姊，你们，就叫我金大姊吧！"

雨凤立刻顺从地喊：

"是！金大姊！"

金银花走向一排挂着的戏装，解释说：

"本来我们有个小小的戏班子，上个月解散了。这儿还有现成的衣裳，你们马上选两套换上！珍珠，月娥，帮她们两个打扮打扮，胭脂水粉这儿都有……"指着化妆桌上的瓶瓶罐罐，"我给你们两个小时来准备，时辰到了，你们两个就给我出场表演！"拿起桌上一个座钟，往两人面前一放："现在是五点半，七点半出场！"

雨鹃一惊，睁大了眼睛：

"你是说今晚？两个小时以后要出去表演？"

金银花锐利地看向雨鹃：

"怎么？不行吗？你做不到吗？如果做不到，趁早告诉我，别浪费了我的胭脂水粉！"就打鼻子里哼了一声，"哼！我还以为你们真是'虎落平阳'呢！看样子，也不过是小犬两只罢了！"

雨鹃被刺激了，一挺背脊，大声说：

"行！给我们两小时，我们会准时出去表演！"

雨凤顿时心慌意乱起来，毫无把握，着急地喊：

"雨鹃……"

雨鹃抬头看她，眼神坚定，声音有力：

"想想在医院的小五，想想没吃没穿的小三小四，你就什么都做得到了！"

金银花挑挑眉毛：

"好！就看你们的了！我还要去忙呢……"转身喊："龚师傅！带着你的胡琴进来吧！"

就有一个五十余岁的老者，抱着胡琴走来。金银花对龚师傅交代说：

"马上跟这两个姑娘练练！看她们要唱什么，你就给拉什么！"

"是！"龚师傅恭敬地回答。

金银花往门口走，走到门口，又倏然回头，盯着雨凤雨鹃说：

"你们唱得好，别说妹妹的医药费有了着落，我还可以拨两间屋子给你们兄弟姊妹住！唱得不好呢……我就不客气了！再有，我们这儿是喝酒吃饭的地方，你们别给我唱什么《满江红》《浪淘沙》的！大家是来找乐子的，懂了吗？"

雨凤咽了一口气，睁大眼睛，拼命点头。

金银花一掀门帘，走了。

珍珠、月娥已经急急忙忙地打了两盆水来，催促着：

"快来洗个脸，打扮打扮！金大姊可是说一是一，说二是二，没价可还的啊！"

龚师傅拉张椅子坐下，胡琴声"咿咿呀呀"地响起。龚师傅看着两人：

"两位姑娘，你们要唱什么？"

表演？要上台表演？这一生，连"表演"都没看过，是什么都弄不清楚，怎么表演？而且，连练习的时间都没有，怎么表演？雨凤急得冷汗直冒，脸色发青，说：

"我快要昏倒了！"

雨鹃一把握住她的双臂，用力地摇了摇，两眼发光地，有力地说：

"你听到了吗？有医药费，还有地方住！快打起精神来，我们做得到的！"

"但是，我们唱什么？《问燕儿》《问云儿》吗？"

雨鹃想了想，眼睛一亮：

"有了！你记得爹有一次，把南方的小曲儿教给娘唱，逗得我们全体笑翻了，记得吗？我们还跟着学了一阵，我记得有个曲子叫《对花》！"

这天晚上，待月楼的生意很好，宾客满堂。

这是一座两层楼的建筑，楼上有雅座，楼下是敞开的大厅。大厅前面有个小小的戏台。戏台之外，就是一桌桌的酒席。

这正是宾客最多的时候，高朋满座，笑语喧哗，觥筹交错，十分热闹。有的人在喝酒，也有一两桌在掷骰子，推牌九。

珍珠、月娥穿梭在客人中，倒茶倒水，上菜上酒。

小范是待月楼的跑堂，大约十八九岁，被叫过来又叫过去，忙碌地应付着点菜的客人们。

金银花穿着艳丽的服装，像花蝴蝶一般周旋在每一桌客人之间。

台前正中的一桌上，坐着郑老板。这一桌永远为郑老板保留，他来，是他专有，他不来就空着。他是个身材颀长，长得相当体面的中年人，有深邃的眼睛，和让人永远看不透的深沉。这时，他正和他的几个好友在推牌九，赌得热火。

龚师傅不受注意地走到台上一隅，开始拉琴。

没有人注意这琴声，客人们自顾自地聊天，喝酒，猜拳，赌钱。

忽然，从后台响起一声高亢悦耳的歌声，压住了整个大厅的嘈杂。一个女声，清脆嘹亮地唱着：

"喂……"声音拉得很长，绵绵袅袅，余音不断，绕室回响，"叫一声哥哥喂……叫一声郎喂……"

所有的客人都愣住了，大家不约而同地安静下来，看着台上。

金银花不禁一怔，这比她预期的效果好太多了，她身不由己，在郑老板的身边坐下，凝神观看。郑老板听到这样的歌声，完全被吸引住了，停止赌钱，眼睛也瞪着台上。他的客人们也都惊讶地张大了眼睛。

小范正写菜单，竟然忘了写下去，讶然回头看台上。

随着歌声，雨鹃出场了。她穿着大古装，扮成了一个翩翩美少年，手持折扇，顾盼生辉。一面出场，一面唱：

"叫一声妹妹喂……叫一声姑娘喂……"

雨凤跟着出场，也是古装扮相，扮成一个娇媚女子。柳腰款摆，莲步轻摇，一对水灵灵的大眼睛，半带羞涩半带娇。

两个姊妹这一男一女的扮相，出色极了，立刻引起满座的惊叹。

姊妹俩就一人一句地唱了起来。

"郎对花，妹对花，一对对到田埂下，丢下了种子……"雨凤唱。

"发了一棵芽……"雨鹃对台下扫了一眼。

台下立刻爆出如雷的掌声。

"什么秆子什么叶？"雨凤唱。

"红秆子绿叶……"雨鹃唱。

"开的是什么花？"雨凤唱。

"开的是小白花……"雨鹃唱。

"结的是什么果呀？"雨凤唱。

"结的是黑色果呀……"雨鹃唱。

"磨的是什么粉？"雨凤唱。

"磨出白色的粉！"雨鹃唱。

"磨出那白的粉呀……"雨凤唱。

"给我妹妹搽！给我妹妹搽！"雨鹃唱。

下面是"过门"，雨凤做娇羞不依状，用袖子遮着脸满场跑。雨鹃一副情意绵绵的样子，满场追雨凤。

客人们再度响起如雷的掌声，并纷纷站起来叫好。

郑老板惊讶极了，回头看金银花：

"你从哪里找来这样一对美人？又唱得这么好！你太有本领了！事先也没告诉我一声，要给我一个意外吗？"

金银花又惊又喜，不禁眉开眼笑：

"不瞒你，这对我来说，也是个大大的意外呢！就是要我打着灯笼，全桐城找，我也不见得会把这一对姐妹给找出来！今天她们会来我这里唱歌，完全是展夜枭的杰作！是他给咱们送了一份礼！"

"展家？这事怎么跟展家有关系？"郑老板惊奇地问。

"哗！我看，我们桐城，要找跟展家没关系的，就只有你郑老板的大风煤矿，和我这个待月楼了！"金银花说。

过门完毕，雨凤、雨鹃继续唱了起来：

"郎对花，妹对花，一对对到小桥下，只见前面来个人……"

"前面来的什么人？"

"前面来的是长人！"

"又见后面来个人……"

"后面来的什么人？"

"后面来的是矮人！"

"左边又来一个人！"

"左边来的什么人？"

"来个扭扭捏捏，一步一蹭的大婶婶……"

"哦，大婶是什么人？"

"不知她是什么人？"

雨鹃两眼瞅着雨凤，眼波流转，风情万种，唱着：

"妹妹喂……她是我俩的媒人……要给我俩说婚配，选个日子配成对！呀得呀得儿喂，得儿喂，得儿喂……"

雨凤一羞，用袖子把脸一遮，奔进后台去了。

雨鹃在一片哄然叫好声中，也奔进去了。

客人们疯狂地、忘形地鼓着掌。

金银花听着这满堂彩，看着兴奋的人群，笑得心花怒放。

奔进后台的雨凤和雨鹃，手拉着手，彼此看着彼此。听着身后如雷的掌声和叫好声，她们惊喜着，两人的眼睛里，都闪耀着光华。她们知道，这掌声代表的是：住的地方有了，小五的医药费有了！

当天晚上，金银花就拨了两间房子给萧家姊弟住。房子很破旧，可喜的是还干净，房子在一个四合院里，这儿等于是待月楼的员工宿舍。小范、珍珠、月娥都住在同一个院子里，彼此也有个照应。房间是两间相连，外面一个大间，里面一个小间，中间有门可通。雨凤和雨鹃站在房间里，惊喜莫名。金银花看着姊妹俩，说：

"那么，就这么说定了，每天晚上给我唱两场，如果生意好，客人不散，就唱三场！白天都空给你们，让你们去医院照顾妹妹，可是，不要每天晚上就唱那两首，找时间练唱，是你们自己的事！"

雨鹃急忙说：

"我们会好多曲子，必要的时候，自己还可以编，一定不会让你失望！"

金银花似笑非笑地瞅着雨鹃：

"现在，不骂我是神经病，泼了你一身水了？"

雨鹃嫣然一笑：

"谢谢你泼水，如果泼水就有生机，多泼几次，我心甘情愿！"

金银花扑哧一声笑了。

萧家的五个兄弟姊妹，终于有了落脚的地方。


云飞回家转眼就半个月了，每天忙来忙去，要应酬祖望的客人，要陪伴寂寞的梦娴，又被祖望拉着去"了解"展家的事业，逼着问他到底要管哪一样。所有的亲朋，知道云飞回来了，争着前来示好，筵席不断。他简直没有时间做自己想做的事。在记忆深处，有个人影一直反复出现，脑海里经常漾起雨凤的歌声："问云儿，你为何流浪？问云儿，你为何飘荡？"好奇怪，自己名叫"云飞"，这首歌好像为他而唱。那个唱歌的女孩，大概正带着弟妹在瀑布下享受着阳光，享受着爱吧！自从见到雨凤那天开始，他就知道，幸福，在那五个姊弟的脸上身上，不在这荣华富贵的展家！

这天，阿超带来一个天大的消息：

"我都打听清楚了，那萧家的寄傲山庄，已经被二少爷放火烧掉了！"

云飞大惊地看着阿超：

"什么？放火？"

"是！小朱已经对我招了，那天晚上，他跟着去的！萧家被烧得一干二净，萧老头也被活活烧死了……他家有五个兄弟姊妹，个个会唱歌，大姊，就是你从河里救出来的姑娘，名字叫萧雨凤！"

云飞太震惊了，根本不敢相信这是事实。抓起桌上的马鞭，急促地说：

"我们看看去！把你打听到的事情，全体告诉我！"

当云飞带着阿超，赶到寄傲山庄的时候，云翔和纪总管、天尧，正率领着工人，在清除寄傲山庄烧焦的断壁残垣。

云飞和阿超快马冲进，两人翻身下马。云翔看到他们来了，惊愕得一塌糊涂。云飞四面打量，看着那焦黑的断壁残垣，也惊愕得一塌糊涂。

"嗬！这是什么风，会把你这位大少爷，吹到我的工地上来了？"云翔怪叫着。

云飞眼前，一再浮现着雨凤那甜美的脸，响起小五欢呼的声音，看到五个恩爱快乐的脸庞。而今，那洋溢着欢乐和幸福的五姊弟，不知道流落何方？他四面环视，但见满眼焦土，一片苍凉。心里就被一种悲愤的情绪涨满了，他怒气冲冲地盯着云翔：

"你的工地？你为了要夺得这块地，放火烧了他们的房子，还烧出一条人命！现在，你在这儿盖工厂，你就不怕阴魂不散，天网恢恢，会带给我们全家不幸吗？"

云翔立刻大怒起来，暴跳着喊：

"你这说的是什么话？这块地老早就属于我们展家了，什么叫'夺得'？那晚，这儿会失火，完全是个意外，我只是想用烟把萧老头给熏出来！谁知道会整个烧起来呢？再说，那萧老头会烧死，与我毫无关系……"就大叫，"天尧！你过来作证！"

天尧走过来，说：

"真的！本来大家都在院子里，没有一个会受伤，可是，有个小孩跑进火里去，萧老头为了救那个孩子……"

天尧的话还没说完，云翔一个不耐烦，把他推开，气冲冲地对云飞吼：

"我根本用不着跟你解释，不管我有没有放火，有没有把人烧死，都和你这个伪君子无关！你早就对这个家弃权了，这些年来，是我在为这个家鞠躬尽瘁，奉养父母，你！你根本是个逃兵！你没有资格跟我说话，更没有资格过问我的事！"

云飞沉重地呼吸着，死死地盯着他：

"我知道，这些年你辛苦极了！这才博得一个'展夜枭'的外号！听说，你常常带着马队，晚上出动，专吓老百姓，逼得这附近所有的人家，没有一个住得下去，因而，大家叫你们'夜枭队'！夜枭！多光彩的封号！你知道什么是夜枭吗？那是一种半夜出动，专吃腐尸的鸟！这就是桐城对你展二少爷的评价！就是你为爹娘争得的荣耀！"

云翔暴怒，喊：

"我是不是夜枭，关你什么事？那些无知老百姓的胡说八道，只有你这种婆婆妈妈的人才在乎！我根本不在乎！"

云飞抬头看天尧，眼光里盛满了沉痛。

"天尧！你、我、云翔，还有天虹，几乎是一块儿长大的！小时候，我们都有很多理想，我想当个作家，你想当个大夫，没想到今天，你不当大夫也罢了，居然帮着云翔，做这些伤天害理的事！"他再抬头看纪总管，更沉痛地，"纪叔，你也是？"

纪总管脸色一沉，按捺着不说话。

天尧有些恼羞成怒了，也涨红了脸：

"你不能这么说，我们从没有做过什么伤天害理的事！别人欠了债，我们当然要他还钱，要不然，你家里开什么钱庄？"

"对！"云翔大声接口，"你以为你吃的奶水就比较干净了吗？你也是被展家钱庄养大的！别在这儿唱高调，故作清高了！简直恶心！"

云飞气得脸色发青：

"我看，你们是彻底没救了！"他突然走到工人前面，大喊："停止！大家停止！不要再弄了！"

工人们愕然地停下来。

云翔追过来，又惊又怒地喊：

"你干吗?"

云飞对工人们挥手，嚷着：

"统统散掉！统统回家去！我是展云飞！你们大家看清楚了，我说的，这里目前不需要整理，听到没有?"

工人们面面相觑，不知道该怎么做。

云翔这一下，气得面红耳赤，走过去对云飞重重地一推。

"你有什么资格在这儿发号施令?"也对工人们挥手，"别听他的，快做工！"

"不许做！"云飞喊。

"快做！快做！"云翔喊。

工人们更加没有主张了。

"纪叔！"云飞喊了一声。

"是！"纪总管应着。

"我爹有没有交代你，展家的事业中，只要我喜欢，就交给我管?"

"是，是……有的，有的！"纪总管不能不点头。

云飞傲然地一仰头：

"那么，你回去告诉他，我要了这块地！我今天就会跟他亲自说！所以，你管一管这些工人，谁再敢碰这儿的一砖一瓦，就是和我过不去！也就是纪叔您督导不周了。"

"是，是，是。"纪总管喃喃地说。

云翔一把抓住了云飞的衣服，大叫：

"你说过，你不是来和我争财产，抢地盘的！你说过，你不在乎展家的万贯家财，你根本不屑于和我争……那是那是……四月五日，早上几点？"他气得头脑不清，"大家吃早饭的时候，你亲口说的……"

"那些话吗？口说无凭，算我没说过！"

"你混蛋！你无赖！"云翔气得快发疯了，大吼。

"这一招可是跟你学的！"云飞说。

云翔忍无可忍，一拳就对他挥去。云飞一闪身躲过。云翔的第二拳又挥了过来。阿超及时飞跃过来，轻轻松松地接住了云翔的拳头，抬头笑看他：

"我劝二少爷，最好不要跟大少爷动手，不管是谁挂了彩，回去见着老爷，都不好交代！"

纪总管连忙应着：

"阿超说的是！云翔，有话好说，千万别动手！"

云翔愤愤地抽回了手，对阿超咬牙切齿地大骂：

"我忘了，云飞身边还有你这个狗腿子！"又对云飞怒喊："你连打个架，都要旁人帮你出手吗？"再掉头对纪总管怒吼："你除了说'是是是'，还会不会说别的？"

云翔这一吼，把纪总管、阿超、天尧全都得罪了。天尧对云翔一皱眉头：

"我爹好歹是你的岳父，你客气一点！"

"岳父？我看他自从云飞回来，心里就只有云飞，没有我了！说不定已经后悔这门亲事了……"

纪总管的眼神充满了愠怒，脸色阴沉，不理云翔，对工人们挥手说：

"大家听到大少爷的吩咐了？统统回去！今天不要做了，等到要做的时候，我再通知你们！"

工人们应着，大家收拾工具散去。

云翔惊看纪总管，愤愤地嚷：

"你真的帮着他？"

"我没有帮着谁！"纪总管声音里带着隐忍，带着沧桑，带着无奈，"我是展家的总管！三十年来，我听老爷差遣！现在，还是听老爷差遣！我根本没有立场说帮谁或不帮谁！既然这块地现在有争执，我回去问过老爷再说！"

纪总管说完，回身就走。天尧瞪了云翔一眼，也跟着离去。

云翔怔了怔，对云飞匆匆地挥了挥拳头，恨恨地说：

"好！我们走着瞧！"

说完，也追着纪总管和天尧而去。

阿超看着三人的背影，回头问云飞：

"我们是不是应该赶回家，抢在二少爷前面，去跟老爷谈谈？"

云飞摇摇头。

"让他去吧！除非我能找到萧家的五个子女，否则，我要这块地做什么？"他一弯腰，从地上抬起"寄傲山庄"的横匾，看了看，"好字！应该是个怀才不遇的读书人吧！"

云飞走入废墟，四面观望，不胜怆恻，忽然看到废墟中有一样东西，再弯腰拾起，是那个已经烧掉一半的小兔儿，眼前不禁浮起小五欢呼"小兔儿！"破涕为笑的模样。

"唉！"他长叹一声，抬头看阿超，"你不是说这附近还有一家姓杜的老夫妻吗？我们问问去！我发誓，要找到这五个兄弟姊妹！"

云飞很快地找到了杜爷爷和杜奶奶，也知道了寄傲山庄烧毁之后的情形。没有耽搁，他们回到桐城，直奔"圣心医院"，就在那间像"难民营"一样的大病房里，看到了小三、小四和小五。

小五坐在病床上，手腕和额头都包着纱布，但是，已经恢复了精神。小三和小四，围着病床，跟她说东说西，指手画脚，逗她高兴。

云飞和阿超快步来到病床前。云飞看着三个孩子，不胜怆恻。

"小三，小四，小五，还记得我吗？"云飞问。

小五眼睛一亮，高兴地大喊：

"大哥！会游泳的大哥！"

"我记得，当然记得！"小三跟着喊。

小四好兴奋：

"你们怎么知道我们在这儿？"

"好不容易！找了好久……"云飞凝视着三个孩子，"你们的事我都知道了！"

小三立即伸手，把云飞的衣袖一拉，云飞偏过头去，小三在他耳边飞快地说：

"小五还不知道爹已经……那个了，不要说出来！"

云飞怔了怔，心里一惨，四面看看：

"你们的两个姊姊呢？怎么没看见？"

小三和小四就异口同声地说：

"在待月楼！"

待月楼又是宾客盈门，觥筹交错的时候。

云飞和阿超挤了进来，小范一边带位，一边说：

"两位先生这边坐，对不起，只有旁边这个小桌子了，请凑合凑合！这几天生意实在太好了。"

云飞和阿超在一个角落上坐下。

"两位要喝点酒吗？"

云飞看着一屋子的笑语喧哗，好奇地问：

"你们生意一直这么好吗？"

"都亏萧家姊妹……"小范笑着，打量云飞和阿超，"二位好像是第一次来待月楼，是不是也听说了，来看看热闹的？"忍不住就由衷地赞美，"她们真的不简单，真的好，值得二位来一趟……"

云飞来不及回答，金银花远远地拉长声音喊：

"小范！给你薪水不是让你来聊天的！赶快过来招呼周先生！"

小范急忙把菜单往阿超手里一塞：

"两位先研究一下要吃什么，我去去就来！"就急匆匆地走了。

阿超惊愕地看云飞：

"这是怎么回事？好像全桐城的人，都挤到这待月楼里来了！"

云飞看看那座无虚席的大厅，也是一脸的惊奇。

龚师傅拎着他的胡琴出场了，他这一出场，客人已经报以热烈的掌声。龚师傅走到台前，对客人一鞠躬，大家再度鼓掌。龚师傅坐定，开始拉琴。早有另外数人，弹着乐器，组成一个小乐队。这种排场，云飞和阿超都见所末见，更是惊奇。

喝酒作乐赌钱的客人们都安静下来。谈天的停止谈天，赌钱的停止赌钱。

接着，雨凤那熟悉的嗓音，就甜甜地响了起来，唱着：

"当家的哥哥等候我，梳个头，洗个脸，梳头洗脸看花灯……"

雨凤一边唱着，一边从后台奔出，她穿着红色的绣花短衣，葱花绿的裤子，纤腰一握。头上环佩叮当，脸上薄施脂粉，眼一抬，秋波乍转，简直是艳惊四座。

雨鹃跟着出场，依然是男装打扮，俊俏无比，唱着：

"叫老婆别啰嗦，梳什么头？洗什么脸？换一件衣裳就算喽！"

客人们哄然叫好，又是掌声，又是彩声。

云飞和阿超看得目瞪口呆。

台上的雨凤和雨鹃，已经不像上次那样生硬，她们有了经验，有了金银花的训练，现在知道什么是表演了，知道观众要什么了。有着璞玉般的纯真，又有着青春和美丽，再加上那份天赋的好歌喉，她们一举手一投足，一抬眼一微笑，一声唱一声和，都博得满堂喝彩。雨凤继续唱：

"适才打开梳头盒，乌木梳子发上梳，红花绿花戴两朵，胭脂水粉脸上抹。红褂子绣蓝花，红绣鞋绿叶拔，走三走，压三压，见了当家的把礼下……"对雨鹃弯腰施礼："去看灯喽！"

"去看灯喽！"

两人手携着手，作观灯状，合唱：

"东也是灯，西也是灯，南也是灯来北也是灯，四面八方全是灯……"

又分开唱：

"这班灯刚刚过了身，那边又来一班灯！观长的……"

"是龙灯！"

"观短的……"

"狮子灯！"

"虾子灯……"

"犁弯形！"

"螃蟹灯……"

"横爬行！"

"鲤鱼灯……"

"跳龙门！"

"乌龟灯……"

又合唱：

"头一缩，头一伸，不笑人来也笑人，笑得我夫妻肚子疼！"

合唱完了，雨鹃唱：

"冲天炮，放得高，火老鼠，满地跑！哟！哟！不好了，老婆的裤脚烧着了……"

雨凤接着唱：

"急忙看来我急忙找，我的裤脚没烧着！砍头的你笑什么？不看灯你净瞎吵，险些把我的魂吓掉……"

唱得告一段落，客人们掌声雷动。

云飞和阿超，也忘形地拼命鼓掌。

金银花在一片喧闹声中上了台。左手拉雨凤，右手拉雨鹃，对客人介绍：

"这是萧雨凤姑娘，这是萧雨鹃姑娘，她们是一对姊妹花！"

客人报以欢呼，掌声不断。金银花等掌声稍歇，对大家继续说：

"萧家姊妹念过书，学过曲，是大户人家的女儿，因为生活困难才出来唱小曲，大家觉得她们唱得好，就不要小气，台前的小篮子里，随便给点赏！不方便给赏，待月楼还是谢谢大家捧场！下面，让萧家姑娘继续唱给大家听！"

金银花说完，满面春风地走下台。

郑老板首先走上前去，在篮子里放下一张纸钞。

一时间，好多客人走上前去，在小篮子里放下一些零钱。

雨凤、雨鹃又继续唱《夫妻观灯》。

云飞伸手掏出了钱袋，看也不看，就想把整个钱袋拿出去。阿超伸手一拦：

"我劝你不要一上来就把人家给吓跑了！听曲儿给小费也有规矩，给太多会让人以为你别有居心……"

云飞立刻激动起来：

"我是别有居心，我不知道怎样才能还人家一个寄傲山庄，还人家一个爹，还人家一个健康的妹妹，和一个温暖的家！再有……能够让她们回到瀑布下面去唱，而不是在酒楼里唱！"

"我知道，可是……"阿超不知道该怎么措辞，不说了。

云飞想想，点头：

"你说得有理。"

他沉吟了一下，仍然舍不得少给，斟酌着拿出两块银元，走上前去，放进篮子里。两块银元叮当地一响，落进篮子里，实在数字太大了，引来前面客人一阵惊叹。大家伸长脖子看，是哪一位阔少的手笔。

台上，雨凤、雨鹃也惊动了，看了看那两块钱，再彼此互看一眼。

雨凤惊愕地一回头，眼光和云飞接了个正着。心脏顿时怦地一跳，脸孔蓦然一热，心里讶然地惊呼：

"怎么？是他？"

# 5

姊妹俩唱完了《夫妻观灯》，两人奔进后台化妆间。雨鹃一反身就抓住雨凤的手，兴奋地喊：

"你看到了吗？居然有人一出手就是两块钱的小费！"

雨凤不能掩饰自己的激动，低声说：

"我……认识他！"

雨鹃好惊讶，对当初匆匆一见的云飞，早已记忆模糊了：

"你认识他？你怎么会认识一个这样阔气的人？什么时候认识的？怎么没有告诉我？"

"事实上，你也见过他的……"

雨凤话还没说完，有人敲了敲房门，接着，金银花推门而入，她手里拿着那个装小费的篮子，身后，赫然跟着云飞和阿超。

"哎！雨凤雨鹃！这两位先生说，和你们是认识的，想要见见你们，我就给你们带来了！"金银花说着，把小篮子放在化妆桌上，用征询的眼光看雨凤。

雨凤忙对金银花点点头，金银花就一笑说：

"不要聊太久，客人还等着你们唱下一支歌呢！让你们休息半小时，够不够？"

雨凤又连忙点头，金银花就一掀门帘出去了。

房内，云飞凝视雨凤，千言万语，不知从何说起。

"还记得我吗？"半天，他才问。

雨凤拼命点头，睁大眼睛盯着他：

"记得，你……怎么这么巧？你们到这儿来吃饭吗？"

"我是特地到这儿来找你们的！"云飞坦白地说。

"哦？"雨凤更加惊奇了，"你怎么知道我们在这儿？"

"那天，在水边遇到之后，我就一直想去看看你们，不知道你们好不好。但是，因为我自己也刚到桐城，好多事要办，耽误到现在，等我打听你们的时候，才知道你家出了事！"云飞说，眼光温柔而诚恳，"我到寄傲山庄去看过，我也见过了杜老先生，知道小五受伤，然后，我去了圣心医院，见到小三小四和小五，这才知道你们两个在这儿唱歌！"

雨凤又困惑，又感动，问：

"为什么要这样费事地找我们？"

云飞没料到雨凤有此一问，怔了怔，说：

"因为……我没有办法忘记那一天！人与人能够相遇，是一种缘分，经过在水里的那种惊险场面，更有一种共过生死患难的感觉，这感觉让我念念难忘！再加上……我对你们姊弟情深，都不会游泳，却相继下水的一幕，更是记忆深刻！"

雨凤听着云飞的话，看着他真挚诚恳的神情，想到那个难忘的日子，心里一阵激荡，声音里带着难以克制的痛楚：

"那一天是四月四日，也是我这一生中，永远无法忘记的日子！我后来常想，那天，是我们家命中无法逃避的'灾难日'，简直是'水深火热'。早上，差点淹死，晚上，寄傲山庄就失火了！"

云飞想着云翔的恶劣，想着展家手上的血腥，冲口而出：

"我好抱歉，真对不起！"

雨凤怔怔地看着他：

"为什么要这样说？你已经从水里把我们都救起来了，还抱歉什么？"

云飞一愣，才想起雨凤根本不知道他是展家的大少爷，他立刻掩饰地说：

"我是说你们家失火的事，我真的非常懊恼，非常难过……如果我当天就找寻你，如果我那晚不参加宴会，如果我积极一点，如果……人生的事，都是只要加上几个'如果'，整个的'后果'就都不一样了！如果那样……可能你家的悲剧不会发生！"

一直站在旁边，好奇地倾听着的雨鹃，实在忍不住了，就激动地插口说：

"你根本不知道那天晚上发生了些什么事。我们家不是'失火'，是被人放了一把火，就算有你那些'如果'，我们还是逃不过这场劫难的！只要那个祸害一日不除，桐城的灾难还会继续下去！谁都阻止不了！所以，你不用在这儿说抱歉了！我不知道那天早上，你对我姊姊妹妹们做了些什么，但是，我铁定晚上的事，你是无能为力的！”说着，就咬牙切齿起来，“但是，总有一天，我们会讨还这笔血债！”

雨鹃眼中的怒火，和那种深深切切的仇恨，使云飞的心脏，猛地抽搐了一下。

“雨鹃！你……少说几句！”雨凤阻止地说。

雨鹃回过神来，立即压制住自己的激动，对云飞勉强一笑：

“对不起，打断你跟我姊姊的谈话了。雨凤最不喜欢我在陌生人面前，表露我们的心事……不过，你是陌生人吗？”她看着这个出手豪阔，恂恂儒雅的男人，心里涌上一股好感：“我们该怎么称呼你呢？”

云飞一震，这么简单的问题，竟使他慌张起来。他犹豫一下，很快地说：

“我……我……我姓苏！”

阿超忍不住瞪了他一眼，他只当没看见。

“原来是苏先生！”雨鹃再问，“苏……什么呢？”

“苏……慕白，我的名字叫慕白，羡慕的慕，李白的白。”

雨凤微笑接口：

“苏轼的苏？”

云飞又怔了一下，看着雨凤，点了点头：

“对！苏轼的苏！”

“好名字！”雨凤笑着说。

阿超就走上前来，看了云飞一眼，对姊妹二人自我介绍：

"我是阿超！叫我阿超就可以了！我跟着我们……苏少爷，跟了十几年了！"

云飞跟着解释：

"他等于是我的兄弟、知己和朋友！"

金银花在外面敲门了：

"要准备上场啰！"

雨凤就急忙对云飞说：

"对不起，苏先生，我们要换衣服了！不能跟你多谈了……"忽然抓起篮子里的两块钱，往云飞面前一放："这个请收回去，好不好？"

云飞迅速一退：

"为什么？难道我不可以为你们尽一点心意？何必这样见外呢？"

"你给这么多的小费，我觉得不大好！我们姊妹可以自食其力，虽然房子烧了，虽然父亲死了，我们还有自尊和骄傲……如果你看得起我们，常常来听我们的歌就好了！"

云飞急了：

"请你不要把我当成一般的客人好不好？请你把我看成朋友好不好？难道朋友之间，不能互相帮助吗？我绝对不想冒犯你，只是真心真意地想为你们做一点事！如果你退回，我会很难过，也很尴尬的！"

雨凤想了想，叹口气：

"那……我就收下了，但是，以后，请再也不要这样做了！"

"好，就这么说定！我走了，我到外面去听你唱歌！"云飞说完，就带着阿超，急急地走了。

云飞和阿超一走，雨鹃就对雨凤挑起眉毛，眨巴眼睛：

"唔，我闻到一股'浪漫'的味道……"就对着雨凤，唱了起来："郎对花，妹对花，一对对到田埂下，丢下了种子，发了一棵芽……"

雨凤脸一红：

"你别闹了，赶快换衣服吧！"

"是！外面还有人等着看，等着听呢！"雨鹃应着。

雨凤一慌，掉头跑去找衣服了。心里却漾着一种异样的情绪，苏慕白，苏慕白！这个名字和这个人，已经深深地镌刻在她心上了。


第二天，雨凤提着一个食篮，雨鹃抱着许多水果，到医院来照顾小五。两人一走进那间"难民营"，就呆住了。只见小五的病床，空空如也，被单也收拾得干干净净。

姊妹俩惶惑四顾，也不见小三小四踪影。雨凤心脏咚地一跳，害怕起来：

"小五呢？怎么不见了？"

"小三和小四呢？他们去哪里了？"雨鹃急忙问隔壁的病人，"对不起，你看到我的妹妹了吗？那个被烫伤的小姑娘？"

"昨天还在，今天不见了！"

"怎么会不见呢？我们没有办出院，钱也没有缴，怎么会不见……"雨鹃着急。

这时，有个护士急急走来：

“两位萧姑娘不要着急，你们的妹妹已经搬到楼上的头等病房里去了！在二〇三号病房，上楼右转就是！”

雨凤、雨鹃惊愕地相对一看：

“头等病房？”

两人赶紧冲上楼去，找到二〇三病房，打开房门，小三、小四就兴奋地叫着，迎上前来，小四高兴地说：

“大姊，二姊，我们搬到这么漂亮的房间里来了！晚上，不用再被别的病人哼啊哎啊的，闹得整夜不能睡了！”

小三也忙着报告：

“你们看，这里还有一张帆布床，护士说，晚上我们陪小五的时候，可以拉开来睡！这样，我们就不会半夜从椅子上摔下来了！”

小五坐在床上，看来神清气爽，精神很好，也着急地插嘴：

“护士姊姊今天给我送鸡汤来耶！好好吃啊！”

“我也跟着喝了一大碗！”小四说。

“我也是！”小三说。

雨凤把手里的东西放在桌上，四面看看，太惊讶了：

“这是怎么一回事？”她看着雨鹃：“我们不是还欠医院好多钱吗？医药费没付，他们怎会给我们换头等病房？”

雨鹃也放下东西，不可思议地接口：

“还喝鸡汤？难道他们未卜先知，知道我们今天终于筹到医药费了？”

小三欢声地喊：

“你们不要着急了，小五的医药费，已经有人帮我们付掉了！”

“什么？”雨凤一呆。

“那两个大哥呀！就是在瀑布底下救我们的……”小四解释。

“慕白大哥和阿超大哥！”小五笑着喊，一脸的崇拜。

姊妹俩面面相觑。雨鹃瞪着雨凤，怀疑地问：

“我觉得……这件事有点离谱了！你到底跟他怎样？落水那天不是第一次见面，对不对？”

“这是什么话？”雨凤一急，“我哪有跟他怎样？我发誓，落水那天才第一次见面，昨晚他来的时候，你不是在旁边听得清清楚楚的吗？根本等于不认得嘛！”

雨鹃不信地看她：

“这不是太奇怪了！一个不认得的人，会到处打听我们的消息，到待月楼来听我们唱歌，到医院帮小五搬病房，付医药费，还订鸡汤给小五喝，花钱像流水……”她越想越疑惑，对雨凤摇头：“你骗我，我不相信！”

“真的真的！”雨凤急得不得了，“我也不知道他是怎么回事！可是，我用爹娘的名誉发誓，我真的不认得他们，真的是落水那天，第一次见面……到昨天晚上，才第二次见到他……”

雨鹃一脸的不以为然，打断了她：

“其实，只要你自己知道你在做什么，我无所谓！老实告诉你，如果金银花不收留我们，那天，我已经做了最坏的打算……”

“什么打算？”

“我准备把自己卖了！如果不卖到绮翠院去，就卖给人家做丫头，做小老婆，做什么都可以！”

雨凤愣了愣才会过意来，不禁大大地受伤了：

“你的意思是说，我已经把自己卖给他了！你……未免太小看我了，昨晚，那两块钱的小费，我就一直要退还给人家……”想想，一阵委屈，眼泪就滚落出来：“就是想到今天要付医药费，不能再拖了，这才没有坚持下去……人，就是不能穷嘛，不能走投无路嘛，要不然，连自己的亲妹妹都会看不起你……”

雨鹃在自己脑袋上狠狠地敲了一记，沮丧地喊：

“我笨嘛！话都不会说！我不是那个意思，我怎么会小看你？我只是想弄清楚是怎么一回事，你跟我解释明白就好了！我举那个例，举得不伦不类，你知道我说话就是这样不经过大脑的！其实……我对这个苏先生印象好得不得了，长得漂亮，说话斯文，难得他对我们全家又这么有心……你就是把自己卖给他，我觉得也还值得，你根本不必瞒我……”

雨凤脚一跺，百口莫辩，气坏了：

“你看你！你就是咬定我跟他不干不净，咬定我把自己卖给他了！你……你气死我了……”

小三急忙插到两个姊姊中间来：

“大姊，二姊，你们怎么了吗？有人帮我们是好事，你们为什么要吵架呢？”

小四也接口：

"我保证，那个苏大哥是个好人！"

雨凤对小四一凶：

"我管他是好人还是坏人！他是好人还是坏人关我什么事？我去挂号处，我把小五搬回去！"

雨凤说完，就打开房门，往外冲去，不料，竟一头撞在一个人身上。她抬头一看，撞到的人不是别人，赫然是让她受了一肚子冤枉气的云飞。

云飞愕然地看着面有泪痕的雨凤，紧张起来：

"怎么了？发生什么事了？"

雨凤愣了一下，顿时爆发了：

"又是你！你为什么要跟着我？为什么要付医药费？为什么给小五换房间？为什么自作主张做你分外的事，为什么让我百口莫辩？"

云飞惊愕地看着激动的雨凤。雨鹃已飞快地跑过来：

"苏先生你别误会，她是在跟我发脾气！"就瞪着雨凤说："我跟你说清楚，我不管你有多生气，小五好不容易有头等病房可住，我不会把她搬回那间'难民营'去！现在不是你我的尊严问题，是小五的舒适问题！"

雨凤为之气结：

"你……要我怎么办？"

"我对你已经没有误会了，只要你对我也没误会就好了！至于苏先生……"雨鹃抬头，歉然地看云飞，"可能，你们之间还有些误会……"

云飞听着姊妹两个的话，心里已经明白了。他看着雨凤，柔声地，诚挚地问：

"我们可不可以到外边公园里走走？"

雨凤在云飞这样的温柔下，惶然失措了。雨鹃已经飞快地把她往门外推，嘴里一迭连声地说：

"可以，可以，当然可以！"

结果，雨凤就糊里糊涂地跟着云飞，到了公园。

走进了公园，两人都很沉默。走到湖边，雨凤站住了，云飞就也站住了。

雨凤心里，汹涌澎湃地翻腾着懊恼。她咬咬牙，回头盯着他，开口了：

"苏先生！我知道你家里一定很有钱，你也不在乎花钱，你甚至已经习惯到处挥霍，到处摆阔！可是我和你非亲非故，说穿了，就是根本不认得！你这样在我和我的姊妹面前，一次又一次地花钱用心机，你的目的到底是什么？你最好告诉我！让我在权利和义务之间，有一个了解！"

云飞非常惊讶，接着，就着急而受伤了：

"你为什么要说得这么难听？对，我家里确实很有钱，但是，我并不是你想象的纨绔子弟，到处挥金如土！如果不是在水边碰到你们这一家，如果不是被你们深深感动，如果不是了解到你们所受的灾难和痛苦，我根本不会过问你的事！无论如何，我为你们所做的一切，不应该是一种罪恶吧！"

雨凤吸了一口气：

"我没有说这是罪恶，我只是说，我承担不起！我不知道要怎样来还你这份人情！"

"没有人要你还这份人情，你大可不必有心理负担！"

"可是我就有！怎么可能没有心理负担呢？你是'施恩'的人，自然不会想到'受恩'的人，会觉得有多么沉重！"

"什么'施恩''受恩'，你说得太严重了！但是，我懂了，让你这么不安，我对于我的所作所为，只有向你说一声对不起！"

云飞说得诚恳，雨凤答不出话来了。云飞想想，又说：

"可是，有些事情，我会去做，我一定要跟你解释一下。拿小五搬房间来说，我知道，我做得太过分了，应该事先征求你们姊妹的同意。可是，看到小五在那个大病房里，空气又不好，病人又多，她那么瘦瘦小小，身上有伤，已经毫无抵抗力，如果再从其他病人身上，传染上什么病，岂不是越住医院越糟吗？我这样想着，就不想耽误时间，也没有顾虑到你的感觉，说做就做了！"

雨凤听到他这样的解释，心里的火气，消失了大半。可是，有很多感觉，还是不能不说：

"我知道你都是好意，可是，我有我的尊严啊！"

"我伤了你的尊严吗？"

"是！我是在这样的教育下长大的，我爹和我娘，在我们很小的时候，就让我们了解，人活着，除了衣食住行以外，还有尊严。自从我家出事以后，我也常常在想，'尊严'这玩意，其实是一种负担。衣食住行似乎全比尊严来得重要，可是，尊严已经根深蒂固，像我的血液一样，跟我这个人结合在一起，分割不开了！或者，这是我的悲哀吧！"

云飞被这篇话深深撼动了，怎样的教养，才有这样的雨凤？尊严，不是每一个人都有"深度"来谈它，都有"气度"来提它。他凝视她，诚恳地说：

"我承认，我不应该自作主张，我确实没有考虑到你的心态和立场，是我做错了！我想……你说得对，从小，我家有钱，有一段时间，我的职业就是做'少爷'，使我太习惯用钱去摆平很多事情！可是，请相信我，我也从'少爷'的身份中跳出去过，只是，积习难改。如果，我让你很不舒服，我真的好抱歉！"

雨凤被他的诚恳感动了，才发现自己咄咄逼人，对一个多方帮助自己的人，似乎太严厉了。她不由自主，语气缓和，声音也放低了：

"其实，我对于你做的事，是心存感激的。我很矛盾，一方面感激，一方面受伤。再加上，我连拒绝的'资格'都没有，我就更加难过……因为，我也好想让小五住头等病房啊！我也好想给她喝鸡汤啊！"

云飞立刻好温柔地接口：

"那么，请你暂时把'尊严'忘掉好不好？请继续接受我的帮助好不好？我还有几百个几千个理由，要帮助你们，将来……再告诉你！不要让我做每件事之前，都会犹豫，都会充满了'犯罪感'好不好？"

"可是，我根本不认得你！我对你完全不了解！"

云飞一震，有些慌乱，避重就轻地回答：

"我的事，说来话长……我是家里的长子，下面还有一个弟弟……"

"你有儿女吗？"雨凤轻声问，事实上，她想问的是，你有老婆吗？

"哦！"云飞看看雨凤，心里掠过一阵痛楚，映华，那是心里永恒的痛。他深吸了一口气，坦白地说："我在二十岁那年，奉父母之命结婚，婚前，我从没有见过映华。但是，婚后，我们的感情非常好。谁知道，一年之后，映华因为难产死了，孩子也没留住。从那时候起，我对生命、爱情、婚姻全部否决，过了极度消沉的一段日子。"

雨凤没想到是这样，迎视着云飞那仍然带着余痛的眼睛，她歉然地说：

"对不起，我不该问的。"

"不不，你该问，我也很想告诉你。"他继续说，"映华死后，家里一直要为我续弦，都在我强烈的抗拒下取消。然后，我觉得家庭给我的压力太大，使我不能呼吸，不能生存，我就逃出了家庭，过了将近四年的流浪生活，一直没有再婚。"他看着雨凤，"我们在水边相遇那天，就是我离家四年之后，第一次回家。"

雨凤脸上的乌云都散开了。

"关于我的事，不是三言两语说得完的！如果你肯接受我作为你的朋友，让时间慢慢来向你证明，我是怎样一个人，好不好？目前，不要再排斥我了，好不好？接受我的帮助，好不好？"

雨凤的心，已经完全柔软了，她就抬头看天空，轻声地，商量地问：

"爹，好不好？"

云飞被她这个动作深深感动了：

"你爹，他一定是一个很有学问、很有深度的人！他一定会一迭连声地说：'好！好！好！'"

"是吗？"雨凤有些犹疑，侧耳倾听，"他一定说得好小声，我都听不清楚……"她忍不住深深叹息，"唉！如果爹在就好了，他不只有学问有深度，他还是一个重感情、有才华的音乐家！他热爱生命、热爱自然，他常常说，溪口那个地方，像个天堂。是的，那是我们的天堂。失去的天堂。"

云飞震撼极了，凝视着她，心里一片绞痛。展家手上的血腥，洗得掉吗？自己这个身份，藏得住吗？他大大一叹，懊恼极了：

"不知道为什么老早没有认识你爹，如果我认识，你爹的命运一定不会这样……对不起，我的'如果'论又来了！"

雨凤忍不住微微一笑。

云飞被这个微笑深深吸引：

"你笑什么？"

"你好像一直在对我说'对不起'。"雨凤就柔声地说，"不要再说了！"

云飞目不转睛地盯着她：

"我确实对你有好多个'对不起'，如果你觉得不需要说，是不是表示你对我的鲁莽，已经原谅了？"

雨凤看着他，此时此刻，实在无法矜持什么尊严了，她就又微笑起来。

云飞眼看那个微笑，在她晶莹剔透的眼睛中闪耀，在她柔和的嘴角轻轻地漾开。就像水里的涟漪，慢慢扩散，终于遍布在那清丽的脸庞上。那个微笑，那么细腻，那么女性，那么温柔，又那么美丽！他不由自主地，就醉在这个笑容里了。心里朦胧地想着：真想，真想……永远留住这个微笑，不让它消失！展家欠了她一个天堂，好想，好想……还给她一个天堂！

云飞这种心事，祖望是怎样都无法了解的。事实上，对云飞这个儿子，他从来就没有了解过。他既弄不清他的思想，也弄不清他的感情，更弄不清他生活的目的、他的兴趣和一切。只是，云飞从小就有一种气质，他把这种气质称为"高贵"，这种气质，是他深深喜爱的，是云翔身上找不到的。就为了这种气质，他才会一次又一次原谅他、接纳他。在他离开家时，不能不思念他。可是，现在，他很迷糊，难道离家四年，云飞把他的"高贵"，也弄丢了吗？

"我就弄不懂，家里那么多的事业，粮食店、绸缎庄、银楼……就算你要钱庄，我们也可以商量，为什么你都不要，就要溪口那块地？"他烦躁地问。

"如果我其他的都要，就把溪口那块地让给云翔，他肯不肯呢？"云飞从容地问。

祖望怔了怔，看云飞：

"你真奇怪，一下子你走得无影无踪，什么都不要，一下子你又和云翔争得面红耳赤，什么都要！你到底是怎么回事？我越来越不了解你了！"

云飞叹了口气：

"我跟你说实话，这次我回家，本来预备住个两三个月就走，主要是回来看看你和娘，不是回来和云翔争家产的！"

祖望困惑着：

"我一直没有问你，这四年，你在外面到底做些什么？"

"我和几个朋友，在上海、广州办了两家出版社，还出了一份杂志，叫作《新潮》，你听过吗？"

"没听过！"

"你大概也没听过，有个人名叫'苏慕白'？苏轼的苏，羡慕的慕，李白的白！"云飞再问。

"没听说过！我该认得他吗？他干哪一行的？"祖望更加困惑。

"他……"云飞欲言又止，"你不认得他！反正，这些年我们办杂志、出书，过得非常自在。"

"是你想过的生活吗？"

"是我想过的生活！"

"那么，你的意思是说，如果我对你的安排，不能让你满意，你就走了，是不是？"祖望有些担心起来。

"差不多。"

"你简直是在要挟我！"

云飞看着父亲，也很困惑地说：

"我也不了解你，你已经有了云翔，他能够把你所有的事业，越做越大，那么，你还在乎我走不走？我走了，不是家里平静许多吗？"

"你说这个话，实在太无情了！"祖望好生气。

云飞不语。祖望背着手，在屋子里走来走去，心烦意乱，忽然站定，盯着他：

"你知道，溪口那块地是云翔整整花了两年时间，说服了几十家老百姓，给他们搬迁费，让他们一家家搬走！他这两年，几乎把所有的心力，都投资在溪口，你何必跟他过不去呢？"

云飞心里一气，顿时激动起来：

"是啊！他说服了几十家老百姓，让他们放弃自己心爱的家园，包括祖宗的墓地！爹，你对中国人那种'故乡'观念，应该是深有体会的！那么，你有没有想过，云翔到底用什么方式，让那些在这儿住了好几代的老百姓，一个个搬走？他怎会有这么大的力量？你想过没有？你问过没有？还是你根本不想知道？"

祖望被云飞这一问，就有些心惊肉跳了，睁大眼睛看他：

"所以，我看到你回来，才那么高兴啊！"

云飞不敢相信地看着父亲：

"你知道？对于云翔的所作所为，你都知道？"

"不是每件都知道，但是，多少会了解一些！我毕竟不是一个木头人。"他咬了咬牙，"其实，云翔会变成这样，你也要负相当大的责任！在你走了之后，我以为，我只剩下一个儿子了，难免处处让着他，生怕他也学你，一走了之！人老了，就变得脆弱了！以前那个强硬的我，被你们两个儿子，全磨光了！"

云飞十分震动地看着祖望，没料到父亲会说出这样一番话来，这带给他非常巨大的震撼。父子两人，就有片刻不语，只是深深互视。

片刻后，云飞开了口，声音里已经充满了感情：

"爹，你放心，我回来这些日子，已经了解了太多的事情，我答应你，我会努力在家里住下去，努力加入你的事业。可是，溪口那块地，一定要交给我处理！我们家，不缺钱，不缺工厂……让我们为后世子孙，积点阴德吧！"

祖望有些感动，有些惊觉。可是，仍然有着顾忌：

"你要定了那块地？"

"是，我要定了那块地！"云飞坚决地说。

"你要拿它做什么？"

"既然给了我，就不要问我拿它做什么。"

"这……我要想一想，我不能马上答应你，我要研究研究。"

"我还有事，急着要出门……在你研究的时候，有一本书，不知道你愿不愿意看一看？"云飞说。

"什么书？"

云飞走向书桌，在桌上拿起一本书，递给祖望。祖望低头一看，封面上印着："生命之歌"。

书名下，有几个小字："苏慕白著"。

祖望一震抬头。

云飞已飘然远去。

# 6

待月楼中，又是一片热闹，又是宾客盈门，又是觥筹交错。客人们兴高采烈地享受着这个晚上，有的喝酒猜拳，有的掷骰子，有的推牌九。也有的醉翁之意不在酒，只为了雨凤雨鹃两个姑娘而来。

云飞和阿超坐在一隅，这个位子，几乎已经变成他们的包厢，自从那晚来过待月楼，他们就成了待月楼的常客。两人都全神贯注地看着台上。

雨凤、雨鹃唱完了第一场，宾客掌声雷动。

台前正中，郑老板和他的七八个朋友正在喝酒听歌。金银花打扮得明艳照人，在那儿陪着郑老板说说笑笑。满桌客人，喧嚣鼓掌，对雨凤雨鹃大声叫好，品头论足，兴致高昂。看到两姊妹唱完，一位高老板对金银花说：

"让她们姊妹过来，陪大家喝一杯，怎样？"

金银花看郑老板，郑老板点头。于是，金银花上台，揽住了正要退下的两姊妹：

"来来来！这儿有好几位客人，都想认识认识你们！"

雨凤、雨鹃只得顺从地下台，来到郑老板那桌上。金银花就对两姊妹命令似的说：

"坐下来！陪大家喝喝酒，说说话！雨凤，你坐这儿！"指指两位客人间的一个空位。"雨鹃！你坐这儿！"指指自己身边的位子。"小范！添碗筷！"

小范忙着添碗筷，雨凤、雨鹃带着不安，勉强落座。

那个色眯眯的高老板，眉开眼笑地看着雨凤，斟满了雨凤面前的酒杯：

"萧姑娘，我连续捧你的场，已经捧了好多天了，今天才能请到你来喝一杯，真不简单啊！"

"是啊！金银花把你们两个保护得像自己的闺女似的，生怕被人抢走了！哈哈哈！"另一个客人说，高叫，"珍珠！月娥！快斟酒来啊！"

珍珠、月娥大声应着，酒壶酒杯菜盘纷纷递上桌。

云飞和阿超不住对这桌看过来。

高老板拿起自己的杯子，对雨凤说：

"我先干为敬！"一口干了杯子，把雨凤面前的杯子往她手中一塞。

"轮到你了！干杯干杯！"

"我不会喝酒！"雨凤着急了。

"哪有不会喝酒的道理！待月楼是什么地方？是酒楼啊！听说过酒楼里的姑娘不会喝酒吗？不要笑死人了！是不是我

高某人的面子不够大呢?"高老板嚷着,就拿着酒杯,硬凑到她嘴边去,"我是诚心诚意,想交你这个朋友啊!"

雨凤又急又气,拼命躲着:

"我真的不会喝酒……"

"那我是真的不相信!"

金银花看着雨凤,就半规劝半命令地说:

"雨凤,今天这一桌的客人,都是桐城有头有脸的人物,以后,你们姊妹,还要靠大家支持!高老板敬酒,不能不喝!"回头看高老板:"不过,雨凤是真的不会喝,让她少喝一点,喝半杯吧!"

雨凤不得已,端起杯子。

"我喝一点点好不好……"她轻轻地抿了一下酒杯。

高老板嚣张地大笑:

"哈哈!这太敷衍了吧!"

另一个客人接着大笑:

"怎么到了台下,还是跟台上一样,玩假的啊!瞧,连嘴唇皮都没湿呢!"就笑着取笑高老板:"老高,这次你碰到铁板了吧!"

高老板脸色微变,郑老板急忙转圜:

"雨凤,金银花说让你喝半杯,你就喝半杯吧!"

雨凤看见大家都瞪着自己,有些害怕,勉勉强强伸手去拿酒杯。

雨鹃早已忍不住了,这时一把夺去雨凤手里的杯子,大声说:

"我姊姊是真的不会喝酒，我代她干杯！"就豪气地，一口喝干了杯子。

整桌客人，全都鼓掌叫好，大厅中人人侧目。

云飞和阿超更加注意了，云飞的眉头紧锁着，身子动了动，阿超伸手按住他：

"忍耐！不要过去！那是大风煤矿的郑老板，你知道桐城一向有两句话：'展城南，郑城北'！城南指你家，城北就是郑老板了！这个梁子我们最好不要结！"

云飞知道阿超说得有理，只得拼命按捺着自己。可是，他的眼光，就怎样都离不开雨凤那桌了。

一个肥胖的客人大笑、大声地说：

"还是'哥哥'来得爽气！"

"我看，这'假哥哥'，是动了真感情，疼起'假妹妹'来了！"另一个客人接口。

"哎！你不要搞不清楚状况了，这'假哥哥'就是'真妹妹'！'假妹妹'呢？才是'真姊姊'！"

胖子就腻笑着去摸雨鹃的脸：

"管你真妹妹，假妹妹，真哥哥，假哥哥……我认了你这个小妹妹，你干脆拜我做干哥哥，我照顾你一辈子……"他端着酒去喂雨鹃。

雨鹃大怒，一伸手推开胖子，大声说：

"请你放尊重一点儿！"

雨鹃推得太用力了，整杯酒全倒翻在胖子身上。

胖子勃然大怒，跳起来正要发作，金银花娇笑着扑上去，用自己的小手帕不停地为他擦拭酒渍，嘴里又笑又骂又娇嗔地说：

"哎哟，你这'干妹妹'还没认到，就变成'湿哥哥'了！"

全桌客人又都哄笑起来。金银花边笑边说边擦：

"我说许老板，要认干妹妹也不能这样随随便便地认！她们两个好歹是我待月楼的台柱，如果你真有心，摆它三天酒席，把这桐城上上下下的达官贵人都给请来，作个见证，我就依了你！要不然，你口头说说，就认了一个干妹妹去，未免太便宜你了，我才不干呢！"

郑老板笑着，立刻接口：

"好啊！老许，你说认就认，至于嫂夫人那儿嘛……"看大家："咱们给他保密，免得又闹出上次'小金哥'的事……"

满桌大笑。胖子也跟着大家讪讪地笑起来。

金银花总算把胖子身上的酒渍擦干了，忽然一抬头，瞪着雨凤、雨鹃，咬牙切齿地骂着说：

"你们姊妹，简直没见过世面，要你们下来喝杯酒，这么扭扭捏捏，缩手缩脚！如果多叫你们下来几次，不把我待月楼的客人全得罪了才怪！简直气死我了！"

姊妹俩涨红了脸，不敢说话。

郑老板就劝解地开了口：

"金银花，你就算了吧！她们两个毕竟还是生手，慢慢教嘛！别骂了，当心我们老许心疼！"

满桌又笑起来。金银花就瞪着姊妹二人说：

"你们还不下去，杵在这儿找骂挨吗？"

雨凤、雨鹃慌忙站起身，含悲忍辱地，转身欲去。

"站住！"金银花清脆地喊。

姊妹俩又回头。

金银花在桌上倒满了两杯酒，命令地说：

"我不管你们会喝酒还是不会喝酒，你们把这两杯酒干了，向大家道个歉！"

姊妹二人彼此互看，雨凤眼中已经隐含泪光。

雨鹃背脊一挺，正要发话，雨凤生怕再生枝节，上前拿起酒杯，颤声地说：

"我们姊妹不懂规矩，扫了大家的兴致，对不起！我们敬各位一杯！请大家原谅！"一仰头，迅速地干了杯子。

雨鹃无可奈何，愤愤地端起杯子，也一口干了。姊妹二人，就急急地转身退下，冲向了后台。两人一口气奔进化妆间，雨凤在化妆桌前一坐，用手捂着脸，立刻哭了。雨鹃跑到桌子前面，抓起桌上一个茶杯，用力一摔。

门口，金银花正掀帘入内，这茶杯就直飞她的脑门，金银花大惊，眼看闪避不及，阿超及时一跃而至，伸手干脆利落地接住了茶杯。

金银花惊魂未定，大怒，对雨凤、雨鹃开口就骂：

"你们疯了吗？在前面得罪客人，在后面砸东西！你以为你们会唱两首小曲，我就会把你们供成菩萨不成？什么东西！给你们一根树枝子，你们就能爬上天？也不撒泡尿，自己照照，不过是两个黄毛丫头，有什么可神气的！"

雨鹃直直地挺着背脊，大声地说：

"我们不干了！"

"好啊！不干就不干，谁怕谁啊？"金银花叫着，"是谁说要救妹妹，什么苦都吃，什么气都受！如果你们真是金枝玉叶，就不要出来抛头露面！早就跟你们说得清清楚楚，待月楼是大家喝酒找乐子的地方，你们不能给大家乐子，你要干我还不要你干呢！"她重重地一拍桌子："要不要干？你说清楚！不干，马上走路！我那个小屋，你们也别住了！"

"我……我……我……"雨鹃想到生活问题，想到种种困难，强硬不起来了。

"你，你，你怎样？你说呀！"金银花大声逼问。

雨鹃咬紧牙关，拼命吸气，睁大眼睛，气得眼睛里冒火，却答不出话来。

站在门口的云飞，实在看不过去了，和阿超急急走了进来：

"金银花姑娘……"

金银花回头对云飞一凶：

"本姑娘的名字，不是给你叫的！我在和我待月楼的人说话，请你不要插嘴！就算你身边有个会功夫的小子，也吓唬不着我！"

雨凤正低头饮泣，听到云飞的声音，慌忙抬起头来。带泪的眸子对云飞一转，云飞心中顿时一紧。

金银花指着雨凤：

"你哭什么？这样一点点小事你就掉眼泪，你还能在江湖上混吗？这碗饭你要吃下去，多少委屈都得往肚子里咽！这么没出息，算我金银花把你们两个看走眼了！"

雨凤迅速地拭去泪痕，走到金银花面前，对她低声下气地说：

"金大姊，你别生气，我知道，你是一片好心，收留了我们，我们不是不知道感恩，实在是因为不会喝酒，也从来没有应酬过客人，所以弄得乱七八糟！我也明白，刚刚在前面，你用尽心机帮我们解围，谢谢你，金大姊！你别跟我们计较，这碗饭，我们还是要吃的！以后……"

云飞忍无可忍，接口说：

"以后，表演就是表演！待月楼如果要找陪酒的姑娘，桐城多的是！如果是个有格调的酒楼，就不要做没有格调的事！如果是个有义气的江湖女子，就不要欺负两个走投无路的人……"

云飞的话没有说完，金银花已经大怒。冲过去，指着他的鼻子骂：

"你是哪棵葱？哪棵蒜？我们待月楼不是你家的后花园，让你这样随随便便地穿进穿出！你以为你花得起大钱，我就会让你三分吗？门都没有！"一拍手喊："来人呀！"

阿超急忙站出来：

"大家有话好说！有话好说！"

金银花一瞪阿超：

"有什么话好说？我管我手下的人，关你们什么事？要你们来打抱不平？"

雨凤见云飞无端卷进这场争执，急坏了，忙对云飞哀求地说：

"苏先生，请你回到前面去，不要管我们姊妹的事，金大姊的教训都是对的，今晚，是我们的错！"

云飞凝视雨凤，忍了忍气，大步向前，对金银花一抱拳：

"金银花姑娘，这待月楼在桐城已经有五年的历史，虽然一直有戏班子表演，有唱曲的姑娘，有卖艺走江湖的人出出入入，可是，却是正正派派的餐厅，是一个高贵的地方。也是桐城知名人士聚会和宴客的场所。这样的场所，不要把它糟蹋了！姑娘您的大名，也是人人知道的，前任县长，还给了您一个'江湖奇女子'的外号，不知是不是？"

金银花一听，对方把自己的来龙去脉，全弄清楚了，口气不凡，出手阔绰。在惊奇之余，就有一些忌惮了，打量云飞，问：

"你贵姓？"

阿超抢着回答：

"我们少爷姓苏！"

金银花皱皱眉头，苦苦思索，想不出桐城有什么姓苏的大户，一时之间，完全摸不清云飞的底细。云飞就对金银花微微一笑，不亢不卑地说：

"不用研究我是谁，我只是一个默默无名的人，和你金银花不一样。我知道我今晚实在冒昧，可是，萧家姊妹和我有些渊源，我管定了她们的事！我相信你收留她们，出自好意，你的侠义和豪放，尽人皆知。那么，就请好人做到底，多多照顾她们了！"

金银花不能不对云飞深深打量：

"说得好，苏先生！"她眼珠一转，脸色立刻改变，嫣然一笑，满面春风地说："算了算了！算我栽在这两个丫头手上了！既然有苏先生出面帮着她们，我还敢教训她们吗？不过呢……酒楼就是酒楼，不管是多么高尚的地方，三教九流，可什么样的人都有！她们两个又是人见人爱，如果她们自己不学几招，只怕我也照顾不了呢！"

雨凤急忙对金银花点头，说：

"我们知道了！我们会学，会学！以后，不会让你没面子了！"

"知道就好！现在打起精神来，准备下面一场吧！"她看雨凤，"给我唱得带劲一点，别把眼泪带出去！知道吗？干我们这一行，眼泪只能往肚子里咽，不能给别人看到的！"

雨凤听着，心中震动。是啊，已经走到这一步，打落牙齿也要和血吞。欢笑是带给客人的，眼泪是留给自己的。当下，就擦干眼泪，心悦诚服地说：

"是！"

金银花走到雨鹃身边，在她肩上敲了一下：

"你这个毛躁脾气，跟我当年一模一样，给你一句话，以后不要轻易说'我不干了'，除非你已经把所有的退路都想好了！"

雨鹃也震动了，对金银花不能不服，低低地说：

"是！"

金银花再对云飞一笑：

"外面大厅见！"她转身翩然而去。

金银花一走，雨鹃就跌坐在椅子里，吐出一口长气：

"怄得我差点没吐血！这就叫作'人在屋檐下，不得不低头'！"

云飞就对姊妹二人郑重地说：

"我有一个提议，真的不要干了！"

"这种冲动的话，我说过一次，再也不说了！小四要上学，小五要治病，一家五口要活命，我怎样都该忍辱负重，金银花说得对，我该学习的，是如何在这种环境下，生存下去！"雨鹃说。

云飞还要说话，雨凤一拦：

"请你出去吧！"她勇敢地挺着背脊："如果你真想帮助我们，就让我们自力更生！再也不要用你的金钱，来加重我们的负担了！那样，不是在帮我们，而是在害我们！"

云飞深深地看着雨凤，看到她眼里那份脆弱的高傲，就满心怜惜。虽然有一肚子的话想说，却一句都不敢再说，生怕自己说错什么，再给她另一种伤害。他只有凝视着她，眼光深深刻刻，心里凄凄凉凉。

雨凤迎视着他的眼光，读出了他所有的意思，心中怦然而动了。两人就这样默默地对视着，一任彼此的眼光，交换着语言无法交换的千言万语。


这天，小五出院了。

云飞驾来马车，接小五出院，萧家五姊弟全体出动，七个人浩浩荡荡，把小五接到了四合院。马车停在门口，雨凤、雨鹃、小三、小四鱼贯下车，个个眉开眼笑。云飞抱着小五，最后一个下车，小五高兴地喊着：

"不用抱我，我自己会走，我已经完全好了呀！"说着，就跳下地，四面张望："我们搬到城里来住了呀！"

云飞和阿超忙着把小五住院时的用具搬下车，一件件拎进房里去。云飞看着那简陋的小屋，惊讶地说：

"这么小，五个人住得下吗？"

雨鹃一边把东西搬进去，一边对云飞说：

"大少爷！你省省吧！自从寄傲山庄烧掉以后，对我们而言，只要有个屋顶，可以遮风避雨，可以让我们五个人住在一起，就是天堂了！哪能用你大少爷的标准来衡量呢！"

云飞被雨鹃堵住了口，一时之间，无言以答。只能用一种怆恻的目光，打量着这两间小屋。想不出自己可以帮什么忙。

小五兴奋得不得了，跑出跑进地，欢喜地嚷着：

"我再也不要住医院了！这儿好，晚上，我们又可以挤在一张大床上说故事了！"她爬上床去滚了滚，喊："大姊，今天晚上，你说爹和娘的故事给我听好不好……"忽然怔住，四面张望："爹呢？爹住哪一间？"

雨凤、雨鹃、小三、小四全体一怔，神情都紧张起来。小五在失火那晚，被烧得昏昏沉沉，始终不知道鸣远已经死了，住院这些日子，大家也刻意瞒着。现在，小五一找爹，姊妹几个全都心慌意乱了。

"小五……"雨凤凄然地喊，说不出口。

小五看着雨凤，眼光好可怜：

"我好久好久都没有看到爹了，他不到医院里来看我，也不接我回家……他不喜欢我了吗？"

云飞、阿超站在屋里，不知道该怎么帮忙，非常难过地听着。

小五忽然伤心起来，撇了撇嘴角，快哭了：

"大姊，我要爹！"

雨凤痛苦地吸口气：

"爹……他在忙，他走不开……他……"声音哽着，说不下去了。

"为什么爹一直都在忙？他不要我们了吗？"小五抽噎着。

雨鹃眼泪一掉，扑过去紧紧地抱住小五，喊了出来：

"小五！我没有办法再瞒你了……"

"不要说……不要说……"雨凤紧张地喊。

雨鹃已经冲口而出了：

"我们没有爹了，小五，我们的爹，已经死了！"

小五怔着，小脸上布满了迷惑：

"爹死了？什么叫爹死了？"

"死了就是永远离开我们了，埋在地底下，像娘一样！不会再跟我们住在一起了！"雨鹃含泪说。

小五明白了，和娘一样，那就是死了，就是永远不见了。她小小声地，不相信地重复着：

"爹……死了？爹……死了？"

雨鹃大声喊着：

"是的！是的！爹死了，失火那一天，爹就死了！"

爹死了，和娘一样，以后就没有爹了。这个意思就是：再也没有人把她扛在肩膀上，出去牧羊了；再也没有人为她削了竹子，做成笛子，教她吹奏；再也没有人高举着她的身子，大喊"我的小宝贝！"再也没有了。小五张着口，睁大眼睛，呆呆地不说话了。

雨凤害怕，扑过去摇着小五：

"小五！小五！你看着我！"

小五的眼光定定的，不看雨凤。

小三、小四全都扑到床边去，看着愣愣的小五。

"小五！小五！小五……"大家七嘴八舌地喊着。

雨凤摇着小五，喊：

"小五！没有了爹娘，你还有我们啊！"

"小五！"雨鹃用双手稳住她的身子，"以后我是你爹，雨凤是你娘，我们会照顾你一辈子！你说话，不要吓我啊！我实在没有办法再骗你了！"

小五怔了好半天，才抬头看着哥哥姊姊们：

"爹……死了？那……以后，我们都见不到爹了！就像见不到娘一样……是不是？那……爹会不会再活过来？"

雨凤雨鹃难过极了，答不出话来。

小四忽然发了男孩脾气，大声地说：

"是的！就和见不到娘一样！我们没有爹也没有娘了！以

后，你只有我们！你已经七岁了，不可以再动不动就要爹要娘的！因为，要也要不到了！爹娘死了就是死了，不会再活过来了！"

小五看看小四，又看看雨凤雨鹃，声音里竟然有着安慰：

"那……以后，娘不是一个人睡在地下了，有爹陪她了，是不是？"

"是，是，是！"雨凤一迭连声地说。

小五用手背擦了擦滚出的泪珠，点头说：

"我们有五个人，不怕。娘只有一个人，爹去陪她，她就不怕黑了。"

雨鹃忍着泪说：

"是！小五，你好聪明！"

小五拼命用手擦眼泪，轻声地自语：

"我不哭，我不哭……让爹去陪娘，我不哭！"

小五不哭，雨凤可再也忍不住了，伸手将小五紧紧一抱，头埋在小五怀里，失声痛哭了。雨凤一哭，小五终于哇的一声，也大哭起来。小三哪里还忍得住，扑进雨鹃怀里，也哭了。雨鹃伸手抱着姊姊妹妹，眼泪像断线的珍珠，疯狂地往下滚落。只有小四倔强地挺直背脊，努力地忍着泪。阿超忍不住伸手握住他的肩。

顿时间，一屋子的哭声，哭出了五个孤儿的血泪。

云飞看着这一幕，整颗心都揪了起来，鼻子里酸酸的，眼睛里湿湿的。死，就是永远的离别，是永远无法挽回的悲剧，没有人比他更了解其中的痛。怎么会这样呢？除了上苍，谁有权力夺走一条生命？谁有权力制造这种生离死别？他在恻恻之余，那种"罪恶感"，就把他牢牢地绑住了。

云翔对萧家五姊弟的下落一无所知，他根本不关心这个，他关心的，是溪口那块地，是他念兹在兹的纺织厂。这天，当祖望把全家叫来，正式宣布，溪口的地，给了云飞。云翔就大吃一惊，暴跳如雷了：

"什么？爹，你把溪口那块地给了云飞？这是什么意思？"

祖望郑重地说：

"对！我今天让大家都来，就是要对每个人说清楚！我不希望家里一天到晚有战争，更不希望你们兄弟两个吵来吵去！我已经决定了，溪口交给云飞处理，不只溪口，钱庄的事，也都陆续移交给云飞！其余的，都给云翔管！"

云翔气急败坏，喊着：

"交给云飞是什么意思？爹，你在为我们分家吗？"

"不是！只要我活着一天，这个家是不许拆散的！我会看着你们兄弟两个，如何去经营展家的事业！纪总管会很公正地协助你们！"他走上前去，忽然很感性地伸出手去，一手握云飞，一手握云翔，恳切地说，"你们两个，都是我的儿子，是我今生最大的牵挂和安慰。你们是兄弟，不是世仇啊！为什么你们不肯像别家兄弟姊妹一样，同心协力呢！"

云飞见父亲说得沉痛，这是以前很少见到的，心里一感动，就诚挚地接口：

"我从来没有把云翔当成敌人，但是，他却一直把我当成敌人！我和云翔之间真正的问题，是在于我们两个做人处事的方法完全不同！假若云翔能够了解自己做了多少错事，大彻大悟，痛改前非的话，我很愿意和他化敌为友！我从来没有忘记过他是我的弟弟，因为这已经成为我最深刻的痛苦！"

云翔被云飞这篇话气得快要爆炸了，挣开祖望的手，指着云飞大骂：

"你这说的是什么话？简直莫名其妙！什么大彻大悟，痛改前非？我有什么错？我有什么非？我有什么需要改善的地方？"

"你说这些话，就证明你完全不可救药了！"

云翔冲过去，一把抓住他胸前的衣服：

"你这个奸贼！在爹面前拼命扮好人，好像你自己多么善良，多么清高，实际上，你却用阴谋手段，抢夺我的东西！你好阴险！你好恶毒……"说着，一拳就对云飞挥去。

云飞挨了一拳，站立不稳，摔倒在茶几上，茶几上的花瓶跌下，打碎了。

梦娴、齐妈、天虹全都扑过去搀扶云飞。天虹已经到了云飞身边，才突然醒觉，仓皇后退。

梦娴和齐妈扶起云飞，梦娴着急地喊：

"云飞！云飞！你怎样？"

云飞站起身，被打得头昏脑涨。

云翔见天虹的"仓皇"，更是怒不可遏，扑上去又去抓云飞，还要打。

天尧和纪总管飞奔上前，一左一右拉住他，死命扣住他的手臂，不许他动弹。

"有话好说，千万不要动手！"纪总管急促地劝着。

祖望气坏了，瞪着云翔：

"云翔！你疯了吗？你到底是怎么回事？吃错了药还是被鬼附身了？对于你的亲兄弟，你都可以说翻脸就翻脸，说动手就动手，对于外人，你是不是更加无情了？怪不得大家叫你展夜枭！你真的连亲人的肉，都要吃吗？"

云翔一听，更加暴跳如雷，手不能动，就拼命去踢云飞，涨红了脸怒叫：

"我就知道，你这个混蛋，你这个小人，你去告诉爹，什么夜枭不夜枭，我看，这个'夜枭'根本就是你编派给我的，只有你这种伪君子，才会编出这种词来……"他用力一挣，纪总管拉不住，给他挣开，他就又整个人扑过去，挥拳再打："从你回来第一天，我就要揍你了，现在阿超不在，你有种就跟我对打！"

云飞一连挨了好几下。一面闪躲，一面喊：

"我从没有在爹面前，提过'夜枭'两个字，你这个绰号由来已久，和我有什么关系？停止！不要这样……"

"我不停止！我不停止……"

"云翔！"祖望大叫，"你再动一下手，我就不认你这个儿子，我说到做到，我把所有的财产全体交给云飞……"

品慧见情势已经大大不利，就呼天抢地地奔上前：

"儿子啊，你忍一忍吧！你明知道老爷子现在心里只有老大，你何必拿脑袋瓜子去撞这钉子门？天不怪，地不怪，都怪你娘不好，不是出自名门……我们母子，才会给人这样欺负，这样看不起呀……"

品慧一边哭，一边说，一边去拉云翔，孰料，云翔正在暴怒挥拳，竟然一拳打中了品慧的下巴，品慧尖叫一声跌下去，这下眼泪是真的流下：

"哎哟！哎哟！"

云翔见打到了娘，着急起来：

"娘！你怎样……打到哪里了？"

"我的鼻子歪了，下巴脱臼了，牙齿掉了……"品慧哼哼着。

天虹急忙过来扶住她，看了看，安慰着：

"没有，娘！牙齿没掉，鼻子也好端端的，能说话，大概下巴也没脱臼！"

品慧伸手死命地掐了天虹一下，咬牙：

"这会儿，你倒变成大夫啦，能说能唱啦！"

天虹痛得直吸气，却咬牙忍受着。

这样一闹，客厅里已经乱七八糟，花瓶茶杯碎了一地。

祖望看着大家，痛心疾首地说：

"我真不知道，我是造了什么孽，会弄得一个家不像家，兄弟不像兄弟！云翔，看到你这样，我实在太痛心了！你难道不明白，我一直多么宠你！不要逼得我后悔，逼得我无法宠你，逼得我在你们兄弟之中，只做一个选择，好不好？"

云翔怔住，这几句话倒听进去了。祖望继续对他说：

"我会把溪口给云飞，是因为云飞说服了我，我们不需要纺织厂，毕竟，我们是个北方的小城，不产蚕丝，不产桑麻，如果要开纺织厂，会投资很多钱，却不见得能收回！"

"可是，这个提议，原来根本是云飞的！"云翔气呼呼地说。

"那时我太年轻，不够成熟！做了一大堆不切实际的计划。"云飞说。

云翔的火气又往上冲，就想再冲上去打人，纪总管拼命拉住他，对祖望说：

"那么，这个纺织厂的事，就暂时作罢了？"

"对！"

"我赞成！这是明智之举，确实，我们真要弄一个纺织厂，会劳师动众，搞不好就血本无归！这样，大家都可以轻松很多了！"

云翔怒瞪纪总管，纪总管只当看不见。祖望就做了结论：

"好了，现在，一切就这么决定，大家都不许再吵。"他瞪了云翔一眼："还不扶你娘去擦擦药！"再看大家："各人干各人的活，去吧！"

云翔气得脸红脖子粗，一时之间，却无可奈何，狠狠地瞪了云飞一眼，扶着品慧，悻悻然地走了。

云飞回到了自己房间。梦娴就拉着他，着急地喊：

"齐妈，给他解开衣服看看，到底打伤了什么地方？以后，就算老爷叫去说话，也得让阿超跟着，免得吃亏！"

齐妈过来就解云飞的衣服：

"是！大少爷，让我看看……"

云飞慌忙躲开：

"我没事，真的没事！出去这几年，身子倒比以前结实多了。"

"再怎么结实，也禁不起这样拳打脚踢呀！你怎么不还手呢？如果他再多打几下，岂不是要伤筋动骨吗？"梦娴心痛得不知道怎么办才好。

"打架这玩意，我到现在还没学会！"云飞说着，就抬眼看着梦娴，关心地问，"娘，您的身体怎样？最近胃口好不好？我上次拿回来的灵芝，你有没有每天都吃呀？"

"有有有！齐妈天天盯着我吃，不吃都不行！"梦娴看着他，心中欢喜，"说也奇怪，在你回来之前，我的身体真的很不好，有一阵，我想我大概没办法活着见你了，可是，自从你回来之后，我觉得我一天比一天好，真的是人逢喜事精神爽，没错！"

"我真应该早些回来的，就是为了不要面对云翔这种火爆脾气，落个兄弟争产的情形，结果，还是逃不掉……"

梦娴伸手握住他：

"我知道，你留下来，实在是为难你了！但是，你看，现在你爹也明白过来了，总算能够公平地处理事情了，你还是没有白留，对不对？"

"我留下，能够帮你治病，我才是没有白留！"云飞看着她。

"如果你再帮我做件事，我一定百病全消，可以长命百岁！"梦娴笑了。

"是什么？"

"我说了你不要生气！"

"你说！"

"为我，娶个媳妇吧！"

云飞一怔，立刻出起神来。

齐妈忽然想起什么，走了过来，对云飞说：

"大少爷，你上次要我帮你做的那个小……"

云飞急忙把一根手指放在唇上，做眼色：

"嘘！"

齐妈识相地住口，却忍不住要笑。梦娴奇怪地看着二人：

"你们有什么秘密，瞒着我吗？"

"没有没有，只是……我认识了一个小姑娘，想送她一件东西，请齐妈帮个忙！"云飞慌忙回答。

"啊！姑娘！"梦娴兴奋起来，马上追问，"哪家的姑娘？多大岁数？"

"哪家的先就别提了，反正你们也不认识。岁数吗？好像刚满七岁！"

"七岁？"梦娴一怔。

齐妈忍不住开口了：

"我听阿超说，那个七岁的小姑娘，有个姊姊十九岁，还有一个姊姊十八岁！"

云飞跳了起来：

"这个阿超，简直出卖我！八字没一撇，你们最好不要胡思乱想！"

梦娴和齐妈相对注视，笑意，就在两个女人的脸上漾开了。

云翔也回到了他的卧室里。他气冲冲地在室内兜着圈子，像一只受了伤，陷在笼子里的困兽，阴鸷、郁怒而且蓄势待发。天虹看着他这种神色，就知道他正在"危险时刻"。可是，她却不能不面对他。她端了一碗人参汤，小心翼翼地捧到他面前：

"这是你的人参汤，刚刚去厨房帮你煮好，趁热喝了吧！"

云翔瞪着她，手一挥，人参汤飞了出去，落地打碎，一碗热汤全溅在她手上，她甩着手，痛得跳脚。他凝视她，阴郁地问：

"烫着了吗？"

她点点头。

"过来，给我看看！"他的声音，温柔得好奇怪。

"没有什么，不用看了！"她的身子往后急急一退。

"过来！"他继续温柔地喊。

"不！"

"我叫你过来！"他提高了声音。

她躲在墙边，摇头：

"我不！"

"你怕我吗？你以为我要对你做什么？"

"我不知道你要对我做什么，但是，我知道你恨我，我知道你现在一肚子气没地方出，我也知道，我现在是你唯一发泄的对象……我宁愿离你远一点！"

他阴沉地盯着她：

"你认为你躲在那墙边上，我拿你就没办法了吗？"

"我知道你随时可以整我，我知道我无处可躲……"她悲哀地说。

"那么，你缩在那儿做什么？希望我的腿忽然麻木，走不过去吗？"

她低头，看着自己被烫红的手，不说话。他仍然很温柔：

"过来！不要考验我的耐性，我只是想看看你烫伤了没有？"

她好无奈，慢慢地走了过去。

他很温柔地拉起她的手，看着被烫的地方，慢悠悠地说：

"好漂亮的手，好细致的皮肤！还记得那年，爹从南边运来一箱菱角，大家都没吃过，抢着吃。你整个下午，坐在亭子里剥菱角，白白的手，细细的手指，剥到指甲都出血，剥了一大盘，全体送去给云飞吃！"

她咽了口气，低着头，一语不发。

他忽然拿起她的手来，把自己的唇，紧紧地压在她烫伤的地方。

她一惊，整个身体都痉挛了一下，他这个动作，似乎比骂她打她更让她难过。他没有忽略她的痉挛。放开了她的手，他用双手捧起她的脸庞，盯着她的眼睛，幽幽地问：

"告诉我，他到底有什么魔力，让你这样爱他？"

她被动地仰着头，看着他，默然不语。

"告诉我，我真的很想知道！如果我知道了，大概也就明白，爹为什么会被他收服？"他用大拇指摸着她的面颊，"你在他头顶看到光圈吗？你迷恋他哪一点？"

她咬紧牙关，不说话。

他的声音依然是很轻柔地：

"最奇怪的，是他从来不在你身上用功夫，他有映华，等到映华死了，他还是凭吊他的映华，他根本不在乎你！而你，却是这样死心塌地地对他，为什么？告诉我！"

她想转开头，但是，他把她捧得紧紧的，她完全动弹不得。

"说话！你知道我受不了别人不理我！"

天虹无奈已极，轻声地说：

"你饶了我吧，好不好？我已经嫁给你了，你还在清算我十四岁的行为……"

他猛地一愣：

"十四岁？"骤然想起："对了，剥菱角那年，你只有十四岁！难得，你记得这么清楚！"

云翔一咬牙，将她的身子整个拉起来，用力地吻住了她的唇。他的脸色苍白，眼里燃烧着妒意，此时此刻的他，其实是非常脆弱的。他弄不明白，为什么云飞一走四年，仍然活在每一个人心里，他用了全副精力，还是敌不过那个对手？他有恨，有气，有失落……天虹，你的心去想他吧！你的人却是我的！他的吻，粗暴而强烈。

天虹被动地让他吻着，眼里，只有深刻的悲哀和无奈。

# 7

云飞和阿超，成了雨凤那个小院的常客。小三、小四、小五和这两个大哥哥，也建立起一份深深的感情。他们永远忘不掉落水那一幕，在三个孩子心中，云飞和阿超，简直是两个英雄人物。自从失去了父亲，他们更把那份空虚下来的亲情，一股脑儿倾倒在云飞和阿超身上，对他们两个，不只崇拜，还有依恋。他们两个也千方百计地照顾着三个孩子，雨凤和雨鹃看在眼里，感动在心里。根本没有丝毫的怀疑，这两个人的身份和来历。

这天，阿超背上背着弓箭，把一个箭靶搬进四合院的院子中。云飞跟在他身后，把手藏在背后，笑吟吟地走了进来。阿超就一迭连声地喊：

"小四！快来！我说今天要教你射箭，我把弓箭和箭靶都带来啦！"

阿超这一喊，小三、小四、小五全都奔进院中。小四兴奋得不得了，一直问：

"这个小院够不够长？我相信我可以射得很远！"

小三也兴致勃勃：

"我可不可以也试试？"

"哪有大姑娘练习射箭的？你别跟我抢！"小四叫着。

小五也去凑热闹：

"我也要试试！"

阿超好忙，一面摆箭靶，一面量距离，一面拿弓箭，一面喊着：

"不要忙！每一个人都可以试！好了，箭靶放在这儿，我们退后，先不要太远，如果射中了红心，我们再慢慢加长距离！"

"我第一个来，你们排队！"小四喊。

阿超带着小四射箭，两个女孩伸长脖子看。阿超握着小四的手，教着：

"脚底下要稳，这样，跨个骑马步，弓要拉得越满越好，瞄准是射箭最重要的事，这样瞄准，心里不要想别的事，一定要专心……"

房间门口，雨鹃走了过来，笑嘻嘻地伸头一看，就回头对雨凤说：

"你的苏公子又来报到了！他真是风雨无阻！这次是带了箭靶和弓箭来……花招还真不少！"

雨凤也伸头看看，心里涨满了喜悦，却故作不在乎的样子，说：

"都是小四，一天到晚缠着阿超教他武功，下个月就要去学校念书了，现在还没收心！"

雨鹃突然收住了笑：

"学功夫是一定要学的，小四和我一样，没有片刻忘记过我们身上的血海深仇，虽然现在学功夫，用得着的时候不知道是哪年哪月，总比根本不学好！"

雨凤愣了愣：

"你跟他谈过报仇的事吗？"

"是！他是家里唯一的男孩子，我时时刻刻提醒他，他也时时刻刻提醒我！"

雨凤看着坚定的雨鹃，想着身上的血海深仇，谈到"报仇"，谈何容易！但是，雨鹃那颗报仇的心，那么强烈。把这种仇恨教育，灌输给幼小的小四，是对还是不对呢？她有些困惑，就出起神来。

院中，小五一直拿不着弓箭，急得不得了：

"轮到我没有？是不是轮到我了？"

云飞走到箭靶处，扶着箭靶，对阿超笑着说：

"阿超，你把着小五的手，让她放一箭试试！"

阿超就很有默契地说：

"好！小五！来，我们来射箭！"

小五兴奋得不得了，小手拉着弓，拼命使力。

阿超蹲着身子，扶着小五的手，咻的一箭射往箭靶。

云飞忽然惊叫：

"哎哟，哎哟，小五！你射到什么了？"

三个孩子全伸长脖子看。

"是什么？是什么？"小五问。

云飞举起一个小兔子。长得和烧掉的那个几乎一模一样。云飞就故作惊讶地喊：

"你差点射到一只小兔子！还好，它跳得快，跳到我手里来了！才没给你射伤！"

小五眼睛闪亮，几乎不能呼吸了，直奔过去，嘴里尖声喊着：

"小兔儿！我的小兔儿！"

云飞不想骗她，解释着：

"这个小兔儿虽然跟你那个不完全一样，但是，它们是一家人，你那个是姊姊，这个是妹妹！"

小五抓住小兔子看了看，移情作用就完全发挥了，飞快地摇头：

"不不！它就是我原来那个，它洗了澡，变得比较干净了！它就是我的小兔儿！"说着，就死命抱着小兔子，脸孔涨得红红的，飞奔进房，嘴里上气不接下气地喊："大姊！二姊！我的小兔儿回家了，它没有烧死，它在这儿……慕白大哥把它给我找回来了！"

雨凤雨鹃接住奔过来的小五。

"慢慢说！慢慢说！别摔了！"雨凤连忙喊。

"真的是你那个小兔儿呀？"雨鹃惊奇地看看小兔子。

雨凤站起身，不敢相信地看着云飞。

"你怎么做到的？你会变魔术吗？"她问。

云飞凝视着她，看到小五不注意，就低低说：

"这当然不是原来那一个，我在寄傲山庄的废墟，捡到那个残缺的小兔子，回家央求我的老奶妈，帮我照样重新做的！"

雨凤太震动了，也太感动了，定睛注视云飞：

"你……你居然这样做！你知道这个小兔儿在她心中的分量，你……你这么有心，我简直不知道该怎样谢你。"

云飞心中一动，话里有话：

"不要谢我，我只希望有一天，你会了解我，不会怪我……"

雨鹃看看他们，伸手拉住小五，说：

"小五！我们出去看射箭，这房间真的太小了，挤不下我们两个了！"

小五兴奋地跑到院子里，同每一个人展示她的小兔儿。雨鹃走过去，跟三个弟妹笑着咬耳朵，大家一阵叽叽咕咕。

房中，雨凤和云飞相对注视，含情脉脉。

小五忽然在院中喊：

"慕白大哥，我昨天学了一个歌谣，我要念给你听！"

"我们一起念给你听！"小三说。

于是，小三、小四、小五同声念：

"苏相公，骑白马，一骑骑到丈人家，大姨子扯，二姨子拉，拉拉扯扯忙坐下，风吹帘，看见了她，白白的牙儿黑头发，歪歪地戴朵玫瑰花，罢罢罢，回家卖田卖地，娶了她吧！"

三个孩子念完，相视大笑，阿超和雨鹃也跟着笑。

云飞转头看雨凤，她的脸孔发红，眼睛闪亮。和云飞眼光一接触，她那长长的睫毛，立刻垂了下来，遮住了那对翦水双瞳。这种"欲语还羞"的神情，就让云飞整颗心都颤动起来，他情不自禁地悄悄伸手，去紧紧地握住雨凤的手，雨凤缩了缩，终究让云飞握住，脸孔红得像天空的彩霞。


从这一天开始，云飞就常常带着雨凤姊弟，驾着马车出游了。

他们去了鸣远的墓地，祭拜父母。云飞也像雨凤一样，燃了香，对着鸣远夫妻的坟墓，虔诚祝祷。他的神情那么真挚，眼神那么专注，好像有千言万语，要对鸣远诉说。这种虔诚，使萧家五姊弟更加感动了。

他们也去探望了杜爷爷、杜奶奶。两位老人家看到小五已经活蹦乱跳，高兴得合不拢嘴。看到姊弟几个，衣饰鲜明，知道雨凤雨鹃已经找到工作，直说是"老天有眼"。当雨凤姊妹拿出钱袋，要还钱的时候，杜爷爷才眉开眼笑地看着云飞说：

"人家苏先生，早就帮你们还给我了！"就对云飞打躬作揖，"你送那么多钱来，我实在过意不去呀！"

雨凤惊愕地看云飞：

"还有什么事，是你没有代我们想到的？"

云飞定定地看着雨凤，默然不语。

他们也一起去郊外野餐，放风筝。风筝是阿超做的，又大又轻，可以放得好高。小三小四小五，三个孩子难得有娱乐，抢成一团。雨鹃不甘寂寞，也跟着几个弟妹抢风筝，嘴里大喊着：

"我来放！我来放！你们的技术太差了！"

"阿超！给我！给我！"小四叫。

"给我！给我！"小三叫。

风筝在天空飘飘荡荡，大家都飞奔过去抢线团，不知怎的，竟跑着撞成一堆，笑着全体滚倒在草地上，风筝断了线，随风飞去，越飞越远。小五仰头看着风筝，对着风筝大叫：

"风筝！回来呀……回来呀……"

雨鹃、阿超、小三、小四全笑成一团。

雨凤被这样的画面深深感动了，抬头看着云飞，充满感情地说：

"我觉得，我家失去的欢笑，又都慢慢地回来了！这些，都是你带给我们的！你千方百计地帮助我们，带我们出来玩，让我们忘记悲哀，我真的好感激！"

云飞听着这些话，心中波涛汹涌。许多秘密，无法开口，只是深深地、深深地看着她，恨不得把几千几万种心事，全部借一个注视说清楚。这样热烈的、深刻的眼光，里面又是柔情，又是歉疚，又是心痛，又是怜惜，还有深深切切的祈谅……这么复杂的眼光，像千丝万缕，像蚕儿作茧，就把雨凤密密地缠绕住了。

这天，他们回到溪口，重新来到瀑布下面，在这儿，他们第一次相遇。也是那天，寄傲山庄毁了，鸣远死了，他们五姊弟就告别了这个天堂。旧地重游，大家心里都有许许多多的回忆，不知是喜是悲。

落日的光芒洒在溪水上，闪耀着点点金光。

阿超、雨鹃带着小三、小四、小五故意走到溪水的下游去玩。把雨凤和云飞远远地抛在后面。

旧地重游，三个孩子有许多话要告诉雨鹃。小四指手画脚，讲当日落水时，阿超和云飞如何相救。几个人在水边指指说说，越走越远。终于走得不见踪影了。

水边，剩下云飞和雨凤。

云飞动情地看着雨凤，落日的光芒，染在她的眉尖眼底，她脸上挂着彩霞，眼里映着彩霞，唇边漾着彩霞，整个人像一朵灿烂的彩霞。他面对着这份灿烂，觉得自己也化为轻烟轻雾，不知身之所在了。

"我永远无法忘记，我们第一次相见的那一幕！我还记得，那时你唱了一首歌，歌词里有好多个'问云儿'。"他说。

雨凤就轻轻地唱起来：

"问云儿，你为何流浪？问云儿，你为何飘荡？问云儿，你来自何处？问云儿，你去向何方……"她注视着云飞："是不是这首？"

云飞盯着她，为之神往：

"是的……我好喜欢，我要告诉你一件事，我……"他鼓起勇气，脱口而出："我还有一个名字，叫……'云飞'！"

雨凤完全没有疑虑，那个时代，每个人都有字有号有别名。她的心，就算纤细如发，也没有任何一丝丝，会把他和展家联想到一起。她坦荡荡地瞅着他：

"这么巧！是你的字？还是你的号？"就抛开了这个问题，两眼亮晶晶的，看进他的眼睛深处去："你知道吗？那天，我正在唱歌，忽然听到马嘶，然后，我一抬头，就看到你骑着一匹马，停在我面前，你盯着我，像是天神下凡……我没想到，你真的是我命中的天神……"这个表白，使她自己震动了，一阵害羞，说不下去了。

云飞太震动了，也太激动了，这是第一次，听到雨凤这么坦白地流露出真情。他的心就像鼓满风的帆船，一直驶进她心灵深处去了。他的眼光，缠在她的脸上，再也移不开了！雨凤啊雨凤，从今以后，你是我生活的目的，生命的主题！他心中辗转的低语，刚刚鼓起的勇气已经消失，现在只有汹涌澎湃的热情，翻翻滚滚而来，不可遏止。他低低地，眩惑地说：

"你不明白，你才是我命中的天神，注定要改变我一生的命运。我好害怕……我会抓不住你……"

雨凤扬着睫毛，眼光如水如酒，淹没着他。她轻轻地，吐气如兰：

"怎么会呢？你已经抓住我了……抓得牢牢的了……"

云飞再也无法克制自己，将她拉进怀中，他的唇，就忘形地印在她的唇上了。

溪水潺潺，鸟声啾啾，大地在为他们两个奏着乐章。落日将沉，彩霞满天，天空在为他们绘着彩绘。雨凤醉倒在云飞的怀里，此时此刻，世界是那么美好，所有的哀愁仇恨，都离她远去。她什么都不想，心里只是单纯而虔诚地，一遍一遍低呼着他的名字：慕白，慕白，慕白！

云飞和雨凤这样的进展，当然瞒不过情同手足的阿超。阿超看他每天兴奋地为萧家做这做那，心里实在有些着急。这个"苏相公"，如果再不说明真相，恐怕就要变成"输相公"了。

这天，是小四第一天上学，两人准备了好多东西，一早就送到萧家小院来。在路上，阿超就一直看云飞，看来看去，终于忍不住，问：

"你预备什么时候才向人家坦白呀？"

云飞怔了怔，一脸的痛苦：

"我好几次都准备说，话到嘴边又咽下去了！我也知道，不能再拖了，可是，心里总是毛毛的，就怕一说出口，就什么都完了！"

"但是，你不能一直这样骗下去，以前仗着四年没回来，认识我们的人不多，但是，现在大家都知道你回来了！待月楼里，也有人在谈论你了，就连金银花，也在打听你的来历！你迟早是瞒不下去的，如果别人告诉了她，你就惨了！"

云飞打了个寒颤，悚然而惊：

"你说得对！一定要说了！但是，她知道我的真正身份以后，会不会就此不理我呢？这个赌注太大了！我真的有点害怕！"

"你总得面对现实呀！难道要这样糊里糊涂一辈子？她都

没有问过你家里有些什么人吗？"

"问过呀！都被我糊弄过去了！"

阿超不以为然地摇摇头：

"你好冒险！我都为你捏把冷汗！"

云飞一咬牙，下定决心：

"好！我说！今天就说！"

到了萧家，小四穿了一件簇新的学校制服，站在房内，手脚都不知道如何放。雨凤、雨鹃、小三、小五围着他转，看还缺少什么。云飞笑着说：

"哈！赶上了！来来来，小四，我给你准备了一套文房四宝，专门上学用的，很小巧，来，带着！"

阿超取下小四的书包，云飞把文房四宝放进去。阿超又交给他一个纸口袋：

"小四，这儿还有一点零嘴，我给你弄个小口袋装着！学校里大家都会带些吃的！你没有就不好！"

云飞又关心地说：

"钱呢？身上有没有钱？"就去掏口袋。

小四急忙说：

"大姊已经给我了，有了！有了！"

阿超仔细叮咛：

"还有一件很重要的事，第一天上学，有时候，会碰到一些会欺负人的同学，你不要表现得很怕的样子，你要很有种的样子，我不是教了你一点拳脚吗？必要的时候，露一露给他们看看……"

"阿超，你不要教他打架啊！"雨鹃警告地喊。

"我不是教他打架，我教他防身！"

阿超说着，想想，很不放心："这样吧！我送你去学校！边走边谈！"一面回头，对云飞看了一眼，示意他"要说就快"。

云飞有一刹那的怔忡，立即心事重重起来。

小四跟着阿超走了，一群人送到小院门口，挥手道别，好像英雄远征似的。终于，小四和阿超转过路角，看不见了。

云飞和雨凤的眼光一接。他怔了片刻，说：

"今天阳光很好，天气不冷不热，要不要也出去走走呢？"

雨鹃笑着，把雨凤往外面一推：

"快去吧！家里有我，够了！别辜负人家送文房四宝，也别辜负……"抬头看天空，"这么好的太阳！"

雨凤被推得一个跟跄，云飞慌忙扶住，两人相视一笑。雨凤的笑容是灿烂的，云飞却有些心神恍惚。

然后，两人就来到附近的金蝉山，山上有个著名的观云亭。高高地在山顶上，可以看到满天的云海和满山的苍翠。

两人依偎在亭子里，面对着层峦叠翠，雨凤满足地深呼吸了一下，说：

"真好！小四也顺利上学了，待月楼的工作也稳定下来了。一切都慢慢地上了轨道，生活，总算可以过下去了！当初，爹临终的时候，我答应他，我会照顾弟妹，现在，才对自己有一点点信心。"

云飞凝视她，要说的话还没说，先就心痛起来：

"待月楼的工作，绝对不是长久之计，你心里要有些打算。那个地方，龙蛇混杂，能够早一点脱离，就该早一点脱离！"

"那个工作，是我们的经济来源，怎么能脱离呢？"

云飞一把拉住她的手，握得紧紧的：

"雨凤，让我来照顾你们，好不好？"

"这个问题，我们已经讨论过了，不要再讨论了！"雨凤脸色一正。

"不不！以前我们虽然点到过这个问题，但是，那时和你还只是普通朋友。我只怕交浅言深，让你觉得冒昧，所以，也不敢具体地提出任何建议。可是，现在不一样了，现在，你是我最重视最深爱的人，我不愿意你一直在待月楼唱歌，想给你和你的弟妹，一份安定的生活！"

雨凤专心地倾听，眼睛深得像海，亮得像星。

云飞提了一口气，鼓足勇气，继续说：

"但是，在我做具体的建议或是要求以前，我还有一些……有一些事……必须……必须告诉你！"

雨凤看云飞突然吞吞吐吐起来，心里顿时被一种不安的情绪抓住了，不知道为什么，她忽然觉得好害怕好害怕，就恐惧地问：

"你要告诉我的事，会让我难过吗？"

云飞一震，盯着雨凤。雨凤啊雨凤，岂止让你难过，只怕会带走你所有的欢笑！他怔怔地，竟答不出话来。他的这种神情，使雨凤立刻怆恻起来。

“我知道了！是你的家庭，是吧？”她幽幽地问。

云飞一个惊跳，感到天旋地转：

“你真的知道？”

雨凤看他这种表情，更加肯定了自己的想法，觉得很悲哀：

“你想，我怎么可能不知道呢？你跟我交往以来，你从不主动跟我谈你的家庭，你的父母。我偶尔问起，你也会三言两语地把它带过去，你根本不愿意在我面前谈你的家庭，这是非常明显的一件事情。所以，我早就知道，你有难言之隐！”

“那么，你什么都知道了？你知道，我家是……是……”云飞紧张地看她。

“我知道你家是一个有名望，有地位，有钱有势的家庭！甚至，可能是官宦之家，可能是在桐城很出名的家庭！那个家庭，一定不会接受我！”

云飞一愣：

“可能？你用‘可能’两个字，那么，你还是不知道！你还是没有真正知道我的出身？”他又深吸了一口气，再度提起勇气：“让我告诉你吧！我家确实很有名，在桐城，确实是大名鼎鼎的家庭，不过，我和这个家庭一直是格格不入的，我希望，你对我这个人已经有相当的了解，再来评定我其他的事……”

云飞住了口，盯着她，忽然害怕起来，就把她往怀里一搂，用胳臂紧紧地圈着她，热烈地看着她：

“雨凤，先诚实地回答我一个问题，你，爱我吗？”

雨凤一瞬也不瞬地看着他，被他的欲言又止惊吓着，又被他的热情震撼着。

她突然把面颊往他肩上紧紧一靠，激动地喊着：

"是的！是的！是的！是的！所以……如果你要告诉我的话，会让我伤心，就请你不要说！最起码现在不要！因为……我现在觉得好幸福，有你这样爱着我，保护着我，照顾着我，我真的好幸福！我所有的直觉都告诉我，你要说的话，会让我难过，我不要再难过了，所以，请你不要说，不要说！"

云飞震撼住了，紧紧地搂着她，心里矛盾得一塌糊涂：

"雨凤……你这几个'是的'，让我再也义无反顾了！今生，我为你活，希望你也为我坚强！你不知道你在我心里有多大的分量，自从在水边相遇，我心里从来没有放下过你的影子！我的生命里有过生离死别，我再也不要别离！至于我的家庭……"

雨凤抬起头来，热烈地盯着他，眼里，浓情如酒：

"你一定要说，就说吧！"

云飞睁大眼睛，看着这样热情的雨凤，所有的勇气，全体飞了：

"雨凤啊……我的心，真的是天知地知！"

雨凤虔诚地接口：

"还有我知！"

云飞把雨凤紧紧一抱，什么话都说不出来了。

那晚，阿超和云飞在回家的路上，阿超很沉默。

"你怎么不问我，说了还是没说？"云飞有些烦躁地问。

"那还用问吗？我看你们的样子，就知道你什么都没说！如果你说了，雨凤姑娘还会那样开心吗？我就不懂你，到底要到什么时候才说？"

"唉！你不知道有多难！"云飞叹气。

"你一向做事都好果断，这次怎么这么难呢？"

"我现在才知道，情到深处，人会变得懦弱！因为太害怕'失去'了！"

谈到"情到深处"，单纯的阿超，就弄不懂了。在阿超的生命里，还没有尝过这个"情"字。他看着云飞，对于他总是为情所困，实在担心。以前，一个映华，要了他半条命，这个雨凤，是他的幸福还是他的灾难呢？他想着萧家的姊弟五个，想着雨鹃对展家，随时随地流露出来的"恨"，就代云飞不寒而栗了。

# 8

云翔郁闷极了。

一连好多天，他做什么都不顺心，看到天虹就生气。

怎么也想不明白，祖望为什么会把溪口的地给了云飞？他几年的心血，一肚子计划全部泡了汤！连纪总管也见风转舵，不帮他忙，反而附和着祖望。他那一口闷气，憋在心里，差点没把他憋死。他知道纪总管老谋深算，说不定是以退为进，只好放下身段，低声下气去请教他。结果，纪总管给了他一大堆警告：不能欺负天虹，不能对天虹疾言厉色，不能让天虹不快乐，不能让天虹掉眼泪……如果他都能做到，才要帮他。好像天虹的眼泪是为他流的，真是搞不清楚状况！他心里怄得要命，却不得不压抑自己，一一答应，纪家父子这才答应"全力协助"。要对天虹好，但是，那个天虹，就是惹他生气！

这天，云翔要出门去，走到大门口，就发现天虹和老罗，在那儿好热心地布施一个来化缘的老和尚。那个和尚敲着木鱼，嘴里念念有词，天虹就忙不迭把他的布施口袋，装得满满的。云翔一看就有气，冲上前去，大声嚷嚷：

"老罗，我说过多少次了，这和尚尼姑，一概不许进门！怎么又放人进来？"忍不住对天虹一瞪眼："你闲得没事做吗？"

和尚抬眼看见云翔，居然还不逃走，反而重重地敲着木鱼，嘴里喃喃地念：

"一花一世界，一木一菩提，回头才是岸，去去莫迟疑！"

云翔大为生气，把和尚往外推去：

"什么花花世界，不提不提！走走！你化缘也化到了，还在这里念什么经？去去！去！"

和尚一边退出门去，一边还对云翔说：

"阿弥陀佛，后会有期！"

云翔怒冲冲地喊：

"谁跟你后会有期？不要再来了，知道不知道？"

和尚被推出门外去了。云翔还在那儿咆哮：

"老罗！你注意一点门户，我今天还计划要去赌个小钱，你弄个光头上门，是什么意思？"

"是是是！"老罗一迭连声认错。

天虹忍不住说：

"一个和尚来化缘，你也可以生一场气！"

"怎么不气？什么事都不做，一天到晚'沿门托钵'，还一副很有学问的样子，说些玄之又玄的话，简直和我家老大异曲同工，我听着就有气！他们会上门，就因为你老是给钱！"

"好了好了，我不惹你！"天虹听到这也扯上云飞，匆匆就走。

云翔看着天虹的背影，真是气不打一处来，还想追上去理论。幸好，天尧正好回来，一把拉住了云翔：

"你别找天虹的麻烦了！走！有天大的新闻要告诉你！包你会吓一大跳！"

"什么事？不要故弄玄虚了！"

"故弄玄虚？"天尧把他拉到无人的角落，盯着他，"想知道云飞在做些什么吗？想知道'待月楼'的故事吗？"

云翔看着天尧的脸色，立即明白，天尧已经抓到云飞的小辫子了。不知怎的，他浑身的细胞都开始跳舞，整个人都陷进莫名的亢奋里。

这晚，待月楼中，依旧灯烛辉煌，高朋满座。

云飞和阿超，也依旧坐在老位子上，一面喝酒，一面全神贯注地看着姊妹俩的表演。这天，她们唱了一首新的曲子，唱得非常热闹：

"你变那长安钟楼万寿钟，我变槌儿来打钟……"

"打一更当当叮……"

"打二更叮叮咚……"

"打三更咚咚当……"

"打四更当当咚……"

"旁人只当是打更钟，"

"谁知是你我钟楼两相逢！"

"自己打钟自己听……"

"自己听来自打钟……"

"你是那钟儿叮叮咚……"

"我是那槌儿咚咚当……"

"没有钟儿槌不响……"

"没有槌儿不成钟……"

下面，两人就合唱起来：

"叮叮咚来咚咚当，咚咚当来当当咚，咚咚叮叮当当当，当当叮叮咚咚咚……"

越唱越快，越唱越快，一片叮叮咚咚、咚咚当当的声音，缭绕在整个大厅里。

观众掌声如雷，疯狂叫好。云飞和阿超，也跟着拍手，叫好，完全没有注意到，待月楼的门口，进来了两个新的客人！那两人杵在门口，瞪着台上，惊奇得眼珠都快掉出来了！他们不是别人，正是云翔和天尧！

小范发现有新客人来到，急忙迎上前去：

"两位先生这边请！前边已经客满了，后边挤一挤，好不好？"

云翔兴奋极了，眼睛无法离开台上，对小范不耐地挥挥手：

"不用管我们！我们不是来吃饭的，我们是来找人的……"

又有客人到，小范赶紧去招呼，顾不得他们两个了。

云翔看着正在谢幕的雨凤和雨鹃，震惊得不得了：

"这是萧家那两个姑娘吗？"

"据我打听的结果，一点也不错！"

"怪不得云飞会被她们迷住！带劲！真带劲！那个扮男装的是不是那天抢我马鞭的？"

"不错，好像就是她！"

"怎么想得到，那萧老头有这样两个女儿！简直是不可思议！那么，云飞迷上的是哪一个？"

"这个，我就不清楚了！"

云翔四面张望，忽然看到云飞和阿超了：

"哈哈，这下，可热闹了！我浑身的寒毛都立正了，不是想打架，是太兴奋了！"指着："看！云飞在那儿，我们赶快凑热闹去！"

天尧拉住他：

"慢一点！让我们先观望观望再说！"

雨凤雨鹃谢完了幕，金银花对姊妹俩送去一个眼光。两姊妹便熟练地下台来，走到郑老板那桌上。和上次的别扭已经完全不一样，雨鹃自动地倒了酒，对全桌举杯，笑吟吟地说：

"我干杯，你们大家随意！"她举杯干了，就对那个胖子许老板，妩媚地一笑，唱到他眼前去："前面到了一条河，飘来一对大白鹅，公的就在前面走，母的后面叫哥哥……"唱完，就腻声说："嗯？满意了吧？这一段专门唱给你听，这声'哥哥'，我可叫了，你欠我三天酒席！"她掉头看郑老板，问：“是不是？”

“是是是！”郑老板笑着，伸手拉雨鹃坐下，喜爱地看着她，再看金银花，“这丫头，简直就是一个‘小金银花’，你怎么调教的？真是越来越上道了！”

“你们当心哟，这个‘小金银花’有刺又有毒，如果被她伤了，可别怪我没警告你们啊！”金银花笑着说。

一桌子的人，都大笑起来。

雨凤心不在焉，一直悄眼看云飞那桌。

金银花看在眼里，就对雨凤说：

“雨凤，你敬大家一杯，先告退吧！去帮我招呼苏先生！”

雨凤如获大赦，清脆地应着：

“是！”

她立刻斟满了杯子，满面春风地笑着，对全桌客人举杯：

“希望大家玩得痛快，喝得痛快，听得痛快，聊得痛快！我先走一步，等会儿再过来陪大家说话！”她一口干了杯子。

“快去快回啊，没有你，大家还真不痛快呢！”高老板说。

在大家的大笑声中，雨凤已经溜到了云飞的桌上。

雨凤坐定，云飞早已坐立不安，盯着她看，心疼得不知道如何才好：

“看你脸红红的，又被他们灌酒了吗？”他咬咬牙：“雨凤，你在这儿唱一天，我会短命一天，我就不明白，为什么你到现在还不肯接受我的安排，离开这个地方？”

“你又来了！我和雨鹃，现在已经唱出心得来了，至于那些客人，其实并不难应付，金银花教了我们一套，真的管用，只要跟他们装疯卖傻一下，就混过去了！"

"可是，我不舍得让你'装疯卖傻'，也不舍得让你'混'。"

雨凤瞅着他：

"我们不要谈这个了，好不好？再谈下去，我会伤心的。"

"伤心？"云飞一怔。

"就是我们上次在山上谈的那个问题嘛，最近，我也想了很多，我知道我像个鸵鸟，对于不敢面对的问题，就一直逃避……有时想想，真的对你什么都不知道……"

话说到这儿，忽然有一个阴影遮在他们的头顶，有个声音大声地，兴奋地接口了：

"你不知道什么？我对他可是熟悉得很！你不知道的事，我全体可以帮你弄清楚！"

雨凤觉得声音好熟，猛然抬头，赫然看到云翔！那张脸孔，是她变成灰，磨成粉，化成烟也忘不掉的！是每个噩梦里，一再重复出现的！她大惊失色，这个震动，实在太大，手里的杯子，就砰然落地打碎了。

云飞和阿超，也大惊抬头，震动的程度，不比雨凤小。云飞直跳起来，脸色惨白，声音颤抖：

"云翔！是你？"

云翔看到自己引起这么大的震动，太得意了，伸手重重地拍着云飞的肩：

"怎么？看到我像看到鬼一样，你反应也太过度了吧？"他盯着雨凤："有这样的姑娘，你怎么一个人在这儿独乐乐，也不告诉我一声，让我们兄弟众乐乐不好吗？"

雨凤面如白纸，重重地吸着气，身子摇摇欲坠，似乎快要昏倒了。

"你们认识？你们两个彼此认识……"她喃喃地说。

云翔好惊愕，接着就恍然大悟了，怪叫着说：

"我就说呢，萧家的姑娘也不过如此！有点钱就什么人都跟！搞来搞去，还是落到姓展的手里！原来……"他瞪着雨凤，伸手就去抬雨凤的下巴，"你根本不知道他是谁？哈哈哈哈！太好笑了……"

阿超看到云翔居然对雨凤动手，一跃而起，伸手就掐住了云翔的脖子。

"你住口！否则我让你永远开不了口！"阿超暴怒地喊。

"你反了吗？我好歹是你的主子，你要怎样？"云翔挣扎着。

天尧过去拉住阿超的胳臂，喊着：

"阿超！不得无礼，这儿是公共场合啊，你这样帮不了云飞，等到老爷知道他们兄弟两个，为了唱曲儿的姑娘，在酒楼里大打出手，你以为，老爷还会偏着云飞吗？"

雨凤越听越糊涂，眼睛越睁越大，嘴里喃喃自语：

"兄弟两个……兄弟两个……"

这时，整个酒楼都惊动了，大家都围过来看。有的客人认识云翔，就议论纷纷地争相走告，七嘴八舌地惊喊：

"是展家二少爷！这展城南，居然也到郑城北的地盘上来了！"

雨鹃早已被雨凤那桌惊动，本来以为有客人闹酒，这是稀松平常的事了。心想有云飞阿超在，雨凤吃不了亏，没有太在意。这时，听到"展家二少爷"几个字，就像有个巨雷，在她面前炸开。她跳起身子，想也不想，就飞快地跑了过来，一看到云翔，她的眼睛就直了。

同时，郑老板、金银花都惊愕地跑了过来，金银花一眼看到阿超对客人动粗，就尖叫着说：

"哎哟，阿超小兄弟，你要是喜欢打架，也得出去打！这儿是待月楼，你敢砸我的场子，得罪我的客人，以后，你就不要想进待月楼的大门了！"

阿超见情势不利，只得放手。

云翔咳着，指着阿超：

"咳咳……阿超！你给我记着，总有一天，让你是怎么死的，你自己都弄不清楚！"

一抬头，他接触到雨鹃那对燃烧着烈火的眸子："哟！这不是萧家二姑娘吗？来来来！"大叫："小二！我要跟这位姑娘喝酒！搬凳子来，拿酒来……"

云飞睁大眼睛，看着姊妹两人，一时之间，百口莫辩。心里又惊又急又怒又痛，这个场面，根本不是说话的场合，他急急地看雨凤：

"雨凤，我们出去说话！"

雨凤动也不动，整个人都傻了：

"出去？为什么要出去？好不容易，这哥哥弟弟，姊姊妹妹全聚在一块儿了，简直是家庭大团圆，干什么还要出去谈呢？"云翔对雨凤一鞠躬："我来跟你好好介绍一下吧！在下展云翔，和这个人……"指着云飞，"展云飞是亲兄弟，他是哥哥，我是弟弟！我们住在一个屋檐底下，共同拥有展家庞大的事业！"

客人们一阵惊叹，就有好几个人上去，和云翔打招呼，云翔一面左左右右招呼着，一面回头看着雨鹃：

"来来来！让我们讲和了吧！怎样？"

雨鹃端起桌上一个酒杯，对着云翔的脸，泼了过去。

云翔猝不及防，被泼了满脸满头，立刻大怒，伸手就抓雨鹃：

"你给我过来！"

雨鹃反身跑，一面跑，一面在经过的桌子上，端起一碗热汤，连汤带碗砸向云翔，云翔急忙跳开，已经来不及，又弄了一身汤汤水水。这一下，云翔按捺不住了，冲上前去，再追。雨鹃一路把碗盘砸向他。

客人躲的躲，叫的叫，场面一片混乱。金银花跺脚：

"这是怎么回事！来人啊！"

待月楼的保镖冲了进来，很快地拦住了云翔。

雨鹃就跑进后台去了。

雨凤看到雨鹃进去了，这才像大梦初醒般，站了起来，跟着雨鹃往后台走。云飞慌忙拦住她，祈求地喊：

"雨凤，我们必须谈一谈！"

雨凤站住，抬眼看云飞。眼底的沉痛和厌恶，像是一千万把冰冷的利刃，直刺他的心脏。她的声音中滴着血，恨极地说：

"人间，怎么会有像你们这样的魔鬼？"

云飞大震，被这样的眼光和声音打倒了，感到天崩地裂。

雨凤说完，一个转身，跟着雨鹃，飞奔到后台去了。

雨鹃奔进化妆间，就神情狂乱地在梳妆台上翻翻找找，把桌上的东西推得掉了一地，她顾不得掉落的东西，打开每一张抽屉，再一阵翻箱倒柜。雨凤跑进来，看到她这样，就呆呆地站在房中，睁大眼睛看着。她的神志，已经被展家兄弟，砍杀得七零八落，只觉得脑子里一片零乱，内心里痛入骨髓，实在顾不得雨鹃在做什么。

雨鹃找不到要找的东西，又烦躁地去翻道具箱，一些平剧用的刀枪滚了满地。

雨鹃看到有刀枪，就激动地拿拿这样，又拿拿那样，没有一样顺手。她转身向外跑，喊着：

"我去厨房找！"

雨凤一惊，这才如梦初醒，伸手抓住了她，颤声地问：

"你在做什么？"

"我找刀！我去一刀杀了他！"她两眼狂热，声音激烈，"机会难得，下次再见到他，不知道又是什么时候！我去杀了他，我给他偿命，你照顾弟弟妹妹！"说完，转身就跑。

雨凤心惊肉跳，拦腰一把抱住她：

"不行！你不许去……"

雨鹃拼命挣扎：

"你放开我，我一定要杀了他！我想过几千几万次，只要给我碰到他，我就要他死！现在，他在待月楼，这是上天给我的机会，我只要一刀刺进他的心脏，就可以给爹报仇……"

"你疯了？"雨凤又急又心碎，"外面人那么多，有一半都跟展家有关系，怎么可能让你得手？就是金银花，也不会让你在待月楼里杀人，你根本没有机会，一点机会都没有……"

"我要试一试，我好歹要试一试……"雨鹃哀声大喊。

雨凤心里一阵剧痛，喊着：

"你别试了！我已经不想活了，你得照顾弟弟妹妹……"

雨鹃这才一惊，停止挣扎，抬头看雨凤：

"你说什么？"

"我不想活了，真的不想活了……"

雨鹃跺脚：

"你不要跟我来这一套，你不想活也得活！是谁在爹临终的时候答应爹，要照顾弟弟妹妹？"她吼到雨凤脸上去："我告诉你！你连不想活的资格都没有！你少在这儿头脑不清了！报仇，是我的事！养育弟妹，是你的事！我们各人干各人的！我走了！"她挣脱雨凤，又向门口跑。

雨凤飞快地追过去，从背后紧紧地抱住她：

"我不让你去！你这样出去，除了送死，什么便宜都占不到……你疯了！"

姊妹两个正在纠缠不清，金银花一掀门帘进来了。看房间里翻得乱七八糟，东西散落满地，姊妹两个还在吵来吵去，生气地大嚷：

"你们姊妹两个，这是在干什么？"

雨鹃喘着气，直直地看着金银花，硬邦邦地说：

"金大姊，对不起，我必须出去把那个王八蛋杀掉！我姊和我的弟妹，托你照顾了！你的大恩大德，我来生再报！"

金银花稀奇地睁大眼睛：

"嗬！你要去把他杀掉？你以为他是白痴？站在那个大厅里等你去杀？人家早就走掉了！"

雨鹃怔住：

"走掉了？"她回头，对雨凤跺脚大喊："都是你！你拦我做什么？难道你不想报父仇吗？难道你对他们展家动了真情，要哥哥弟弟一起保护吗……"

雨凤一听雨鹃此话，气得浑身发抖，脸色惨白，瞪着雨鹃说：

"你……你……你这么说，我……我……"

雨凤百口莫辩，抬头看着房中的柱子，忽然之间，一头就对柱子撞去。

金银花大惊，来不及阻拦，斜刺里一个人飞蹿过来，拦在柱子前面。雨凤就一头撞在他身上，力道之猛，使两人都摔倒于地。

金银花定睛一看，和雨凤滚成一堆的是云飞。阿超接着扑进门来，急忙拉起云飞和雨凤。

云飞被撞得头昏眼花，看着这样求死的雨凤，肝胆俱裂。心里，是滚锅油煎一样，急得六神无主。还来不及说什么，雨凤抬眼见到他，就更加激动，眼神狂乱地回头大喊：

"雨鹃，你去拿刀，我不拦你了！走了一个，还有一个，你放手干吧！"

金银花忍无可忍，大喊一声：

"你们可不可以停止胡闹了？这儿好歹是我的地盘，是待月楼耶！你们要杀人要放火要发疯，到自己家里去闹，不能在我这儿闹！"

金银花一吼，姊妹俩都安静了。

云飞就上前了一步，对金银花深深一揖：

"金银花姑娘，真是对不起，今晚的一切损失，我都会负担。我和她们姊妹之间，现在有很深很深的误会，不知道可不可以让我向她们解释一下？"

金银花还没有回答，雨凤就急急一退。她悲切已极、痛恨已极地看着云飞，厉声地问：

"我只要你回答我一句，你姓展还是姓苏？"

云飞咬咬牙，闭闭眼睛，不能不回答：

"我告诉过你，我还有一个名字叫云飞……"

雨凤厉地喊：

"展云飞，对不对？"

云飞痛楚地吸了口气：

"是的，展云飞。可是，雨凤，我骗你是因为我不得不骗你，当我知道云翔做的那些坏事以后，我实在不敢告诉你我是谁，那天在山上，我已经要说了，你又阻止了我，叫我不要说……"

雨凤悲极地用手抱着头，大叫：

"我不要听你，不要见你！你滚！你滚！"

　　金银花大步地走上前去，把云飞和阿超一起往门外推去：

　　"对不起！她们萧家姑娘的这个闲事，我也管定了！你，我不管你是苏先生还是展先生，不管你在桐城有多大的势力，也不管你什么误会不误会，雨凤说不要听你，不要见你，就请你立刻离开我们待月楼！"

　　云飞还要挣扎着向里面走，阿超紧紧地拉住了他。对他说：

　　"我看，现在你说什么，她们都听不进去，还是先回去，面对家里的问题吧！"

　　云飞哪里肯依，可是，金银花怒目而视，门口保镖环伺，郑老板在外面踱步。一切明摆在面前，这不是谈话的时候。他无可奈何，心乱如麻，双眼哀伤地看着雨凤，茫然失措地被阿超拉走了。

　　云飞和阿超一去，金银花就走到两姊妹身边，把姊妹二人，一手一个地拥住：

　　"听我说！今天晚上，为了你们姊妹两个，我关上大门，不做生意了！闹成这个样子，我都不知道我的待月楼，会不会跟着你们两个遭殃！这些也就不管了，我有两句知心话跟你们说，我知道你们现在心里有多恨，可是，那展家财大势大，你们根本就斗不过！"

　　雨鹃激动地一抬头：

　　"我跟他拼命，我不怕死，他怕死！"

　　"你这样疯疯癫癫，能报什么仇？拼命有什么用？他真要整你，有几百种方法可以做，管保让你活不成，也死不了！"

雨鹃昏乱地嚷：

"那我要怎么办？"

"怎么办？不怎么办！你们对展家来说，像几只小蚂蚁，两个手指头一捏，就把你们全体捏死了！不去动你们，去动你的弟弟妹妹可以吧？"金银花耸了耸肩，"我劝你们，不要把报仇两个字挂在嘴上了，报仇，哪有那么简单！"

雨凤听到"动弟弟妹妹"，就睁大眼睛看雨鹃，眼里又是痛楚，又是恐惧。

雨鹃也毛骨悚然了。

"唱本里不是有一句话吗？君子报仇，十年不晚！真要报仇，也不急在这一时呀！"金银花又说。

雨鹃听进去了，深深地看金银花。

"现在，最重要的，还是几个小的，是不是？你们姊妹要有个三长两短，让他们怎么办呢？所以，回去吧！今晚好好休息，明晚照样表演！暂时就当他们兄弟两个不存在，日子，还是要过下去，对不对？弟弟妹妹还是要穿衣吃饭，是不是？"

姊妹两个被点醒了，彼此相互看着，眼光里都盛满了痛楚。然后，两人就急急地站起身来，毕竟是在大受打击之后，两人的脚步都踉踉跄跄的。

"我们快回去吧！回去再慢慢想……回去看着小三小四小五……"雨鹃沉痛地说，"要提醒他们小心……"

"是的，回去再慢慢想……回去看小三小四小五……"雨凤心碎地重复着。

　　姊妹俩就彼此扶持着，脚步蹒跚地向外走，一片凄凄惶惶。

　　金银花看着她们的背影，也不禁跟着心酸起来。


　　这晚，萧家小屋里是一片绝望和混乱。雨鹃在里间房，对小三小四小五警告又警告，解说又解说：苏大哥不是好东西，他是展家的大少爷，是我们的敌人，是我们的仇人，以后，要躲开他们，要防备他们……三个孩子眼睛瞪得大大的，满脸的困惑，没有人听得懂，没有人能接受这种事实！

　　雨凤站在外间的窗前，看着窗外，整个人已被掏空，如同一座雕像。时间不知道过去了多久，雨鹃筋疲力尽地走了过来：

　　"他们三个，都睡着了！"

　　雨凤不动，也不说话。

　　"我已经告诉他们，以后见到那个苏……混蛋，就逃得远远的，绝对不可以跟他说话，可是，他们有几百个问题要问，我一个也答不出来！我怎么说呢？原来被我们当作是大恩人的人，居然是我们的大仇人！"

　　雨凤还是不说话。

　　"呃……我快要发疯了，仇人就在面前，我却束手无策，我真的会疯掉！弟弟杀人，哥哥骗色，这个展家，怎么如此恶毒？"雨鹃咬牙切齿，握紧拳头。

　　雨凤神思零乱，眼光凄然，定定地看着窗外。雨鹃觉得不对了，走过去，激动地抓住她，一阵乱摇：

“你怎么不说话？你心里怎么想的，你告诉我呀！刚刚在待月楼，我说你对展家动了真情，你就去撞头……可是，我不能因为你撞头，就不问你！雨凤！你看着我，你还喜欢那个苏……不是苏，是展混蛋！你还喜欢他吗？”

雨凤被摇醒了，抬头看着雨鹃，惨痛地说：

“你居然这样问我！我怎么可能‘还喜欢’他？他这样欺骗我，玩弄我！我恨他！我恨死他！我恨不得剥他的皮！吃他的肉！砍他，杀他……我……我……”

雨凤说不下去，突然间，她就一下子扑进雨鹃怀里，抱着她痛哭失声，边哭边说：

“我怎么办？我怎么办？我爱他呀！他是苏慕白……在水边救我，在我绝望的时候帮助我，保护我，照顾我……我爱他爱得心都会痛……突然间，他变成了我的仇人……怎么会这样？怎么会这样……”

雨鹃紧紧地抱着雨凤，眼中也含泪了，激动地喊：

“可是，你千万要弄清楚呀，没有苏慕白，只有展云飞！他就像《西游记》里的妖怪，会化身为美女来诱惑唐僧！你一定要醒过来，没有苏慕白！那是一个幻影，一个伪造的形象……知道吗？知道吗？”

雨凤哭着，哭得心碎肠断：

“他怎么可以这样残忍？展云翔杀了爹，但他摆明了坏，我们知道他是坏人，不会去爱他呀！这个苏……苏……天啊！我每天晚上想着他入睡，每天早上想着他醒来，常常做梦，想着他的家，他的父母亲人，害怕他们不会接受我……

结果，他的家是……展家……"她泣不成声了。

雨鹃第一次听到雨凤这样的表白，又是震惊，又是心碎。

"我怎么会遇到这样一个人？我怎么会上他的当？他比展云翔还要可恶一百倍……现在，我已经不知道该把自己怎么办！我心里煎熬着的爱与恨，快要把我撕成一片一片了！"

雨凤的头，埋在雨鹃肩上，哭得浑身抽搐。

雨鹃紧拥着她，眼泪也纷纷滚落，此时此刻，唯有陪她同声一哭了。


就在雨凤雨鹃姊妹同声一哭的时候，云飞却在家里接受"公审"。

祖望已经得到云翔绘声绘色、加油加酱的报告，气得脸色铁青，瞪着云飞，气急败坏地问：

"云飞！你告诉我，云翔说的是事实吗？你迷上了一个风尘女子？每天晚上都在待月楼花天酒地！你还花了大钱，包了那个唱曲的姑娘，是不是？"

云飞抬头看着祖望，面孔雪白，沉痛地说：

"云翔这么说的？很好！既然他已经说得这么难听，做得这么恶劣，我再也不必顾及兄弟之情了！"他走向云翔，怒气腾腾地逼问："你还没有够吗？你烧掉了人家的房子，害死了人家的父亲，逼得五个孩子走投无路，逼得两姊妹必须唱曲为生……现在，你还要糟蹋人家的名誉！你这样狠毒，不怕老天会劈死你吗？"

云翔暴怒，挑起了眉毛，老羞成怒地吼：

　　“你说些什么？那萧家的两个姑娘，本来就是不正不经的，专门招蜂引蝶，早就风流得出了名！要不然，怎么会一下子就成了待月楼的台柱？怎么会给金银花找到？怎么会说唱曲就唱曲？哪儿学来的？你看她们那个骚样儿，根本就是经验老到嘛……你着了人家的道儿，还在这里帮人家说话！”

　　云飞气得眼中冒火，死死地看着他：

　　“你真的一点良心都没有了？你说这些话，不会觉得脸红心跳？萧鸣远虽然死了，他的魂魄还在！半夜没人的时候，你小心一点！坏事做绝做尽，你会遭到报应的！”

　　云翔被云飞气势凛然地一吼，有些心虚，为了掩饰心虚，大声地嚷着：

　　“这……这算干吗？你自己在外面玩女人，你还有理！弄什么鬼神来吓唬我，你当我三岁小孩呀！什么鬼呀魂呀，你让他来找我呀！”

　　“你放心，他会来找你的！他一定会来找你的！”

　　“你混蛋！我一天不揍你，你就不舒服……”

　　祖望往两人中间一插，又是生气又是迷惑：

　　“到底这是怎么一回事？我不要听你们兄弟吵架，我听腻了！云飞，你老实告诉我，你每天晚上都去了哪里？”

　　云飞看看祖望，再看梦娴，看着满屋子的人，仰仰头，大声说：

　　“对！我去了待月楼！对，我迷上了一个唱曲的姑娘！我一点都不觉得我有什么不可告人的地方！但是，你们要弄清楚，这个姑娘本来过着幸福快乐的生活，可是，云翔为了要他们的地，放火烧了他们的房子，烧死了他们的父亲，把她们逼到待月楼去唱歌！我会迷上这个姑娘，就是因为展家把人家害得那么惨，我想赎罪，我想弥补……"

大家都听傻了，人人盯着云飞。天虹那对黝黑的眸子，更是一瞬也不瞬地看着他。祖望深吸口气，眼神阴郁，严肃地转头看云翔：

"是吗？是吗？你放火？是吗？"

云翔急了，对着云飞暴跳如雷：

"你胡说！你编故事！我哪有放火？是他们家自己失火……"

"这么说，失火那天晚上，你确实在现场？"云飞大声问。

云翔一愣，发现说溜口了，迅即脸红脖子粗地嚷：

"我在现场又怎么样？第二天一早我就告诉你们了，我还帮忙救火呢！"

"对对对！我记得，云翔说过，云翔说过！"品慧急忙插嘴说。

祖望对品慧怒瞪一眼：

"云翔说过的话，一句也不能信！"

品慧生气了：

"你怎么这样说呢？难道只有云飞说的话算话，云翔说的就不算话？老爷子，你的心也太偏了吧！"

梦娴好着急，看云飞：

"你为什么要搅进去呢？我听起来好复杂，这个唱曲的姑娘，不管她是什么来历，你保持距离不好吗？"

云飞抬头，一脸正气地看着父母：

"爹，娘！今天我在这儿正式告诉你们，我不是一个玩弄感情，逢场作戏的人，我也不再年轻，映华去世，已经八年，八年来，这是第一次我对一个姑娘动心！她的名字叫萧雨凤，不叫'唱曲的'，我喜欢她，尊重她，我要娶她！"

这像一个炸弹，满室惊动。人人都睁大眼睛，瞪着云飞，连云翔也不例外。天虹吸了口气，脸色更白了。

"娘！你应该为我高兴，经过八年，我才重新活过来！"云飞看着梦娴。

品慧弄清楚了，这下乐了，忍不住笑起来：

"哎，展家的门风，是越来越高尚喽！这酒楼里的姑娘，也要进门了，真是新鲜极了！"

祖望对云飞一吼：

"你糊涂了吗？同情是一回事，婚姻是一回事，你不要混为一谈！"

云翔也乐了，对祖望胜利地嚷着：

"你听，你听，我没骗你吧？他每天去待月楼报到，据说，给小费都是一出手好几块银元！在待月楼吃香极了，我亲眼看到，酒楼里上上下下，都把他当小祖宗一样看待呢！天尧，你也看到的，对不对？我没有造谣吧！"

祖望被两个儿子弄得晕头转向，一下子接受了太多的资讯，太多的震惊，简直无法反应了。

云飞傲然地高昂着头，带着一股正气，朗声说：

"我不想在这儿讨论我的婚姻问题，事实上，这个问题根本就言之过早！目前，拜云翔之赐，人家对我们展家早已恨之入骨，我想娶她，还只是我的一厢情愿，人家，把我们一家子，都看成蛇蝎魔鬼，我要娶，她还不愿意嫁呢！"

梦娴和祖望听得一愣一愣的。云翔怪笑起来：

"爹，你听到了吗？他说的这些外国话，你听得懂还是听不懂？"

云飞抬头，沉痛已极：

"我今天已经筋疲力尽，没有力气再听你们的审判了，随便你们怎么想我，怎么气我，但是，我没有一点点惭愧，没有一点点后悔，我对得起你们！"

他转头指着云翔："至于他！他为什么会被人称为'展夜枭'？晚上常常带着马队出门，到底做了多少伤天害理的事？用什么手段掠夺了溪口大片的土地？为什么人人谈到他都像谈到魔鬼？展家真要以'夜枭'为荣吗？"

他掉头看祖望，语气铿然："你不能再假装看不到了！人早晚都会死，但是，天理不会死！"

云飞说完，转身大踏步走出房间。

祖望呆着，震动地看着云飞的背影。

天虹的眼光跟着云飞，没入夜色深处。

云翔恨恨地看着云飞的背影，觉得自己又糊里糊涂，被云飞倒打一耙，气得不得了。一回头，正好看到天虹那痴痴的眼光，跟着云飞而去，心里更是被乱刀斩过一样，痛得乱七八糟了。他不想再在这儿讨论云飞，一把拉住天虹，回房去了。

云翔一进房间，就脱衣服，脱鞋子，一屁股坐进椅子里，暴躁地喊：

"天虹！铺床，我要睡觉！"

天虹一语不发，走到床边，去打开棉被铺床。

"天虹！倒杯茶来！"

她走到桌边去倒茶。

"天虹！扇子呢？这个鬼天气怎么说热就热！"

她翻抽屉，找到折扇，递给他。

他不接折扇，阴郁地瞅着她，一把抓住了她的手腕，将她拖到面前来。

"你不会帮我扇扇吗？"

她打开折扇，帮他拼命扇着。

"你扇那么大风干什么？想把我扇到房间外面去吗？"

她改为轻轻扇。

"这样的扇法，好像在给蚊子呵痒，要一点技术，你打哪儿学来的？"

天虹停止扇扇子，抬头看着他，眼光是沉默而悲哀的。他立刻被这样的眼光刺伤了：

"这是什么眼光？你这样看着我是干吗？你的嘴巴呢？被'失望'封住了？不敢开口了？不会开口了？你的意中人居然爱上了风尘女子，而且要和她结婚！你，到头来，还赶不上一个卖唱的！可怜的天虹……你真是一个输家！"

她仍然用悲哀的眼光看着他，一语不发。

"你又来了？预备用沉默来对付我？"他站起身来，绕着她打转，眼光阴恻恻地盯着她，"我对你很好奇，不知道此时此刻，你心里到底是怎么一种感觉？心痛吗？后悔吗？只要不嫁给我，再坚持半年，他就回来了，如果他发现你还在等他，说不定就娶了你了！"

她还是不说话。他沉不住气了，命令地一吼：

"你说话！我要听你的感觉！说呀！"

她悲哀地看着他，悲哀地开口了：

"你要听，我就说给你听！"她吸口气，沉着地说："你一辈子要和云飞争，争爹的心，争事业的成功，争表现，争地位，争财产……争我！可是，你一路输，输，输！今晚，你以为得到一个好机会，可以扳倒他，谁知道，他轻而易举，就扭转了局面，反而把你踩得死死的！你……"她学他的语气："可怜的云翔，你才是一个输家！"

云翔举起手来，给了她一耳光。

天虹被这一耳光打得扑倒在桌子上。她缓缓地抬起头来，用更悲哀的眼神看着他，继续说：

"连娶我，都是一着臭棋，因为我在他心中，居然微不足道！你无法利用我让他嫉妒，让他痛苦，所以，我才成了你的眼中钉！"

云翔喘着气，扑过去还想抓她，她一闪，他抓了一个空。她警告地说：

"如果你还要对我动手，我会去告诉我爹和我哥，当你连他们两个也失去的时候，你就输得什么都没有了！"

云翔瞪着天虹，被这几句话真正地震动了。他不再说话，突然觉得筋疲力尽。他乏力地倒上了床，心里激荡着悲哀。是的，自己是个输家，一路输输输！父亲重视的是云飞，天虹真正爱的是云飞，连那恨他入骨的萧家的两姊妹，都会对云飞动情！云飞是什么？神吗？天啊！他痛苦地埋着头，云飞是他的"天敌"，他要赢他！他要打倒他！展云翔生存的目的，就是打倒展云飞！但是，怎么打倒呢？

# 9

云飞彻夜未眠，思前想后，真是后悔无比。怎样才能让雨凤了解他？怎样才能让雨凤重新接受他呢？他心里翻翻腾腾，煎煎熬熬，这一夜，比一年还要漫长。

天亮没有多久，他就和阿超驾着马车来到萧家门口。阿超建议，不要去敲门，因为愤怒的雨鹃绝对不会给云飞任何机会。不如在巷口转弯处等着，伺机而动。或者雨凤会单独出门，那时再把她拖上车，不由分说，带到郊外去说个明白。如果雨凤不出门，小四会上学，拉住小四，先打听一下姊妹两个的情形，再作打算。云飞已经心乱如麻，知道阿超比较理智，就听了他的话。

果然，在巷口没有等多久，就看到小四匆匆忙忙地向街上跑。

阿超跳下马车，飞快地扑过去，一手蒙住小四的嘴，一手将他整个抱起来。小四拼命挣扎，阿超已经把小四放进马车。

云飞着急地握住小四的胳臂，喊着：

"小四！别害怕，是我们啊！"

小四抬头看到云飞，转身就想跳下车：

"我不跟你讲话，你是世界上最坏的大坏蛋！"

阿超捉住了小四，喊：

"小四！你看看我们，这些日子以来，我们一起练功夫，一起出去玩，一起做了好多的事情，如果我们是大坏蛋，那么，大坏蛋也不可怕了，对不对？"

小四很困惑，甩甩头，激动地叫着：

"我不要跟你们说话，我不要被你们骗！你们是展家的人，展家烧了我们的房子，杀了我爹，是我家最大最大的仇人……"

云飞抓住他，沉痛地摇了摇：

"一个城里，有好人，有坏人！一个家里，也有不同的人呀！你想想看，我对你们做过一件坏事吗？有没有？有没有？"

小四更加困惑，挣扎着喊：

"放开我，我不要理你们！我今天连学校都不能去了，我还要去找大姊！"

云飞大惊：

"你大姊去哪里了？"

小四跺脚：

"就是被你害的！她不见了！今天一早，大家起床，就找不到大姊了！二姊说就是被你害的！我们去珍珠姊那儿，月娥姊那儿，还有待月楼，金大姊那儿，统统找过了，她就是不见了……小五现在哭得不得了……"

云飞脑子里，轰地一响，整颗心都沉进了地底：

"小四！想想看，她昨天晚上有没有说什么？"

"她和二姊，说了大半夜，我只看到她一直哭，一直哭……"

云飞眼前，立即浮起雨凤用头撞柱子的惨烈景象：

"你们什么时候发现她不见的？她走了多久了？"

"二姊说，她只睡着了一下下，大姊一定是趁二姊睡着的时候走的……可能半夜就走了……"

云飞魂飞魄散了：

"小四！你先回去，在附近尽量找！我们用马车，到远一点的地方去找！"云飞喊着，急忙打开车门，小四跳下了车子。

"阿超！我们快走！"云飞急促地喊。

"去哪儿找？你有谱没有？"阿超问。

"去她爹娘的墓地！"

阿超打了个冷颤，和云飞一起跳上驾驶座。不祥的感觉，把两个人都包围得紧紧的。阿超一拉马缰，马车向前疾驰而去。

奔驰了二十里，他们到了鸣远的墓地，两人跳下车，但见荒烟蔓草，四野寂寂，鸣远和妻子的墓，冷冷清清地映在阳光下，一片苍凉。他们四面找寻，根本没有雨凤的影子。阿超说：

"她不在这里！你想想看，这儿离桐城有二十里，她又没有马，没有车，怎么会走到这么远的地方来？我也被你搞糊涂了，跟着你一阵乱跑！"

云飞在山头上跑来跑去，五内如焚。不住地东张西望，苦苦思索：

"怎么会不在这里呢？她受了这么大的打击，她这么绝望，这么无助……除了找寻爹娘之外，她还能找谁？"他忽然想了起来，"还有一个可能！寄傲山庄！"

两人没有耽误一分钟，跳上车，立刻向寄傲山庄狂奔。


没错，雨凤在寄傲山庄。

她从半夜开始走，那时，雨鹃哭累了，睡着了。她先去厨房，找了一把最利的尖刀，放在衣服口袋里。然后，她就像一个游魂，一直走，一直走，一直走……在那黑暗的夜色里，在那不熟悉的郊野中，她一路跌跌冲冲，到底怎么走到寄傲山庄的，她自己也不明白。当她到达的时候，太阳已经升得很高。她一眼看到山庄那烧焦的断壁残垣，无言地、苍凉地、孤独地耸立在苍天之下，她的心立刻碎得像粉，碎得像灰了。她走到废墟前的空地上，对着天空，直挺挺地跪下了。

她仰头向天，迎视着层云深处。阳光照射着她，她却感觉不到丝毫的温暖。她的手脚，都是冰冷冰冷的，冷汗，还一直从额上滚落。这一路的跌跌冲冲，早已撕破了她的衣服，弄乱了她的发丝，她带着一身的憔悴，满心的凄绝，跪在那儿，对着天空绝望地大喊：

"爹！我当初在这儿跪着答应你，我会照顾弟弟妹妹，可是，我现在已经痛不欲生了！如果你看到了这些日子，我所有的遭遇，所有的经过，请你告诉我，我要怎样活下去？爹！对不起，我再一次跪在你面前，向你忏悔，我是那么愚蠢，敌友不分，弄得自己这么狼狈，请你原谅我，我没有办法，再照顾弟弟妹妹了，我要来找你和娘，跟你们在一起，我要告诉你们，你们错了，人间没有天堂，没有，没有……"

云飞和阿超，驾着马车奔来。

云飞一眼看到跪在废墟前的雨凤。又惊又喜又痛，对阿超喊着说：

"她果然在这儿，你先不要过来，让我跟她单独谈一谈！"

"是！你把握机会，难得只有她一个人！"阿超急忙勒住马车。

云飞跳下了车，直奔雨凤，嘴里，疯狂般地大喊着：

"雨凤……"

雨凤被这喊声惊动了，一回头，就看到云飞直扑而来。

"雨凤……雨凤……"云飞奔到雨凤面前，扑跪落地，一把抱住她，心如刀割，"快起来，跟我到车上去，这废墟除了让你难过之外，对你一点好处都没有！"

雨凤一见到云飞，就眼神狂乱，她激烈后退，挣扎着推开他，崩溃地喊：

"我的天！我要疯了！为什么我走到哪里，你就走到哪里？"她的力道那么大，竟然挣脱了他，跌在一地的残砖破瓦里，她就像逃避瘟疫一样，手脚并用地爬开去，嘴里凄厉地喊："不要碰我！不要碰我！"

云飞站起身来，急忙追上前去，把她从地上扶起来，激动地嚷：

"你这样糟蹋你自己，半夜走二十里路过来，一定没吃没睡，还要跪在这儿让日晒风吹，你要把自己整死吗？"

雨凤拼命挣扎，用力推开了他，昏乱地后退：

"我要怎么样，是我的事，不要你管！你为什么不放掉我？为什么要跟着我？为什么？为什么？"

云飞大声喊：

"因为我喜欢你，因为我要你，因为我离不开你，因为我无法控制自己……因为我要娶你！"

雨凤又哭又笑，泪与汗，交织在脸孔上。她转脸向天空：

"爹！你听到了吗？他就是这样骗我，他就是这样把我骗得团团转！"

云飞激动极了：

"原来你在跟你爹说话，你有话跟你爹说，我也有话跟你爹说！"他也仰头向天，大叫："萧伯伯！如果你真的在这儿，请你告诉她，我对她的心，有没有丝毫的虚情假意？我瞒住我的身份，是不是出于不得已？是不是就是为了怕她恨我？在我和她交朋友的这一段时间，是不是我几次三番要告诉她真相，话到嘴边，又说不出口？告诉她！我是怎样一个人，你告诉她呀！"

天地茫茫，层云飞卷，除了风声，四野寂寂。

雨凤疯狂地摇头，眼睛里，闪耀着悲愤和怒火：

"我不要听你，你只会骗我，你还想骗我爹！你这个魔鬼，你走开！走开……不要来烦我……我恨你！我恨你……"

雨凤边说边退，云飞节节进逼：

"你冷静一点，你这样激动，我说的任何话，你都听不进去，你不听我解释，误会怎么可能消除呢？"他眼看她向一根倾圮的柱子退去，不禁紧张地喊："不要再退了，你后面有一根大木头，快要倒塌了……"

雨凤回头看看，已经退无可退，顿时狂怒钻心，脑子昏乱，尖锐地喊：

"你不要过来！不要碰我！你听到没有？不要过来！不要靠近我……"

云飞往前一冲，坚决地说：

"对不起，我一定要过来，我们从头谈起……"

他冲上来，就迅速地张开双手，去抱她。

倏然之间，雨凤从口袋里抽出利刃，想也不想，就直刺过去，嘴里狂喊着：

"我杀了你……"

云飞完全没有料到有此一招，还来不及反应，利刃已经从他的右腰，直刺进去。

雨凤惊慌失措地拔出刀来，血也跟着飞溅而出。

云飞怔住，抬起头来，睁大眼睛，不敢相信地瞪着她。

当的一声，雨凤手中的刀落地。她脸孔苍白如死，眼睛睁得比云飞的还大，也死死地瞪着云飞。

在远远观看的阿超，这时才觉得情况不对，赶紧跳下马车，扑奔过来。等他到了两人面前，一见血与刀，立即吓得魂飞魄散：

"天啊！"阿超大叫，一把扶住了摇摇欲坠的云飞，气急败坏地瞪着雨凤："你做什么？你这是做什么？他这样一心一意地待你，你要杀他？"

云飞用手压住伤口，血像泉水般往外冒，他根本不看伤口，眼光只是一瞬也不瞬地盯着雨凤，里面闪着痛楚、迷惘和惊愕：

"你捅了我一刀？你居然捅了我一刀？"他喃喃地问："你有刀？你为什么带刀？你不知道我会来找你，所以，你的刀绝不是为了对付我而准备的……"他心中一阵绞痛，惊得满头冷汗："你为什么带刀？难道，预备自寻了断？如果我不及时赶到，你是不是预备一死了之？"

雨凤哪里还能回答，眼看着鲜血一直从云飞指缝中涌出，她脑子里一片空白，心中一片剧痛，痛得神志都不清了，她泪如雨下，泣不成声：

"我不是要杀你……我不是要杀你……你为什么要过来？"她昏乱地看阿超："怎么办？怎么办？"

阿超吓得心慌意乱，扶着云飞大喊：

"快上车去，我们去找大夫……"

云飞挣扎了一下，不肯上车，眼光仍然死死地盯着雨凤，被自己醒悟到的那个事实惊吓着，震动地说：

"这么说，我代你挨了这一刀……"

"快走啊！"阿超扶着云飞，急喊，"不要再说了！"

云飞跟跄后退：

"不忙，我跟雨凤的话还没有谈完……"

阿超大急，愤然狂喊：

"雨凤姑娘，你快跟着上车吧！再谈下去，他这条命就没有了！你一定要他流血到死，你才满意吗？"

雨凤呆呆地愣在那儿，完全昏乱了。

云飞这时，已经支持不住，颓然欲倒。阿超什么都顾不得了，扛起他，飞奔到马车那儿。云飞在他肩上，仍然挣扎地喊着：

"雨凤！你不能丢下雨凤……她手上有刀……她会寻死呀……"

阿超把云飞放进车里，飞跃而回，把雨凤也扛上了肩，脚不沾尘地奔回马车，把她往车上一推，对她急促地大喊：

"求求你，别再给我出事，车上有衣服，撕开做绷带，想办法把血止住，我来驾车！送他去医院！"

阿超跳上驾驶座，一拉马缰，大吼着：

"驾！驾……"

马车向前疾驶而去。

雨凤看着躺在座位上，脸色惨白的云飞，心里像撕裂一样地痛楚着。此时此刻，她记不得他姓展，记不得他的坏，他快死了！她杀了他！这个在水边救她，在她绝望时支持她，爱护她的男人，这个她深爱的男人……她杀了他！她心慌意乱地四面找寻，找到一件衣服，就一面哭着，一面手忙脚乱地撕开衣服，去试图绑住伤口。但是，她不会绑，血又不断涌出，布条才塞过去，就迅速染红了。她没办法，就用布条按住伤口，泪水便点点滴滴滚落。

"天啊！怎么办？怎么办？"她惶急地喊。

云飞伸手去按住她的手：

"听我说……不要去管那个伤口了……我有很重要的话要告诉你……"

雨凤拼命去按住伤口：

"可是……我没办法止住血……怎么办？怎么办？"

"雨凤！"云飞焦急地喊，"我说不要管那个伤口了，你听我说，等会儿我们先把你送回家，你回去之后，不要跟任何人说这件事，如果瞒不住雨鹃他们，也要让他们保密……"他说着，伤口一阵剧痛，忍不住吸气，"免得……免得有麻烦……你懂吗？我家不是普通家庭，他们会小题大做的，你懂吗？懂吗？"

雨凤怎么听得进去，只是瞪着那个伤口，瞪着那染血的布条，泪落如雨，一句话都说不出来。

"听我说！"云飞伸手，摇了摇她，"我回家之后，什么都不会说，所以你千万别张扬出来，我会和阿超把真相隐瞒住，不会让家里知道我受伤了……"

雨凤的泪，更是疯狂地坠落：

"你流这么多血，怎么可能瞒得住？"

云飞盯着她的眼睛，眼底，是一片温柔；声音里，是更多的温柔。

"没有很严重，只是一点小伤，等会儿到医院包扎一下就没事了，你放心……我向你保证，真的没有很严重！过两天，就又可以来听你唱歌了。"

雨凤哇的一声，失声痛哭了。

云飞握紧她的手，被她的痛哭，搞得心慌意乱：

"你别哭，但是要答应我一件事，算是我求你！"

她哭着，无法说话。

"不可以再有轻生的念头，绝对绝对不可以……我可能这两天，不能来看你，你别让我担心，好不好？不看在我面上，看在你弟弟妹妹面上，好不好？如果他们失去了你，他们要怎么办？"云飞的声音，已经变成哀求。

她崩溃了，哭倒在他胸前。他很痛，已经弄不清楚是伤口在痛，还是为了她而心痛。他也很急，有一肚子的话要说，很怕自己会撑持不住晕过去，他拼命要维持自己清醒，固执地说：

"答应我……请你答应我！"

雨凤好害怕，怕他死去，这个时候，他说什么，她都会听他的。她点头。

"我……答应你！"她哽咽着。

他吐出一口长气：

"这样……我就比较放心了，至于其他的事，我现在说不清楚，请你给我机会，让我向你解释……我并不是坏人，那天在亭子里，我差一点都告诉你了，可是，你叫我不要说，我才没说。真的不是安心欺骗你……"

雨凤看到手里的布条全部被血浸湿了，自己的血液好像跟着流出，连自己的生命，都跟着流失。

车子驶进了城，云飞提着精神喊：

"阿超！阿超……"

阿超回头，喊着：

"怎样？你再撑一会儿，我马上送你去医院！"

"先送雨凤回去……"

"当然先送你去医院！"

云飞生气地叫：

"你要不要听我？"

阿超无可奈何，只得把车子驶向萧家小院门口。

车子停了，雨凤慌乱地再看了一眼云飞，转身想跳下车。他看着她，好舍不得，握着她的手，一时之间，不曾松手。

她回头看他，泪眼凝注。千般后悔，万斛柔情，全在泪眼凝注里。

他好温柔好温柔地说：

"保重！"

雨凤眼睛一闭，一大串的泪珠，扑簌滚落。她怕耽误了医治的时间，抽手回身，跳下车去。

阿超急忙驾车离去了。

雨鹃听到车声，从小院里直奔而出，一见到雨凤，又惊又喜：

"你到哪里去了？小三小四都去找你了，我把小五托给珍珠，正预备去……"忽然发现雨凤一身血迹，满脸泪痕，大惊失色，惊叫："你怎么了？你受伤了？"

雨凤向房里奔去，哭着喊：

"不是我的血，不是我！"

雨鹃又惊又疑，跟着她跑进去。雨凤冲到水缸旁边，舀了水，就往身上没头没脑地淋去。雨鹃瞪大眼睛看着她，赶紧去拿了一套干净的衣服出来。

片刻以后，雨凤已经梳洗过了，换了干净的衣服，含泪坐在床上。面颊上，一点血色都没有。她幽幽地、简单地述说了事情的经过。

雨鹃听着，睁大眼睛看着她，震惊着，完全无法置信：

"你就这样捅了他一刀？他还把你先送回家？"

雨凤拼命点头。

"你觉得那一刀严重吗？有没有生命危险？"

雨凤痛楚地吸气：

"我觉得好严重，可是，他一直说不严重，我也不知道真正情况是怎样。"

雨鹃又是震撼，又是混乱：

"你带了刀去寄傲山庄，你想自杀？"一股恐惧蓦然捉住了她，她一唬地站起身来，生气地喊："你气死我了！如果你死了，你让我一个人怎么办？不是说好了一个报仇，一个养育弟妹吗？你这样做太自私了！"

"谁跟你说好什么？不过……我还活着呀！我没死呀！而且，我以后也不会再做这种事了！"雨凤痛定思痛地说。

雨鹃想想，心乱如麻，在室内走来走去：

"如果这个展云飞死了，警察会不会来抓你？"

雨凤惊跳起来，心惊胆战，哀求地喊：

"求求你，不要说'死'字，不会的，不会的……他一路都在跟我说话，他神志一直都很清楚，他还能安排这个，安排那个，他还会安慰我……他怎么会死呢？他不会！一定不会！"

雨鹃定定地看着她：

"你虽然捅了他一刀，可你还是爱着他！"

雨凤的心，一丝丝地崩裂，裂成数不清的碎片：

"我不知道！我不知道是爱还是恨，可是，我并没有要他死啊？平常，我连一只小蚂蚁都不杀的……可现在，我会去杀人，我觉得，我好可怕！我怎么会变成这样呢？"

雨鹃振作了一下，拍拍她的肩：

"不要那么自责，换作我，也会一刀子捅过去的！我觉得好遗憾，为什么捅的不是展云翔呢？不过，他们展家人，不论谁挨了刀子，都是罪有应得！你根本不必难过！他会跑到寄傲山庄去挨你一刀，难道不是爹冥冥中把他带去的吗？"

雨凤打了一个冷颤，这个说法让她不寒而栗：

"不会的！爹不会这样的！"

"我认为就是这样的！"雨鹃满屋乱绕，情绪激动而混乱，忽然站定，看着雨凤说，"不管这个展云飞的伤势如何，展家不会放过我们的！说不定，会把我们五个人都关到牢里去！我看，我们去找金银花商量一下吧！"

"可是……可是……他跟我说，要我们保密，不要告诉任何人，说是张扬出去就会有麻烦……他还说，他和阿超会掩饰过去，不会让家里的人发现他受伤……"

雨鹃抬高眉毛：

"这可能吗？你相信他？"

"我相信他，我真的相信他。"雨凤含泪点头。

"可是，万一他伤势沉重，瞒不过去呢？"

"我觉得，他会千方百计瞒过去！"

"那万一他死了呢？"

雨凤的眼泪，又夺眶而出：

"你又来了，为什么一定要这样说呢？不会不会嘛……"

雨鹃还要说什么，小三和小四回来了。一见到雨凤，就兴奋地奔进门来。

"大姊！你去哪里了？我们把整个桐城都找遍了！大庙小庙全都去了，我连鞋子都走破了！"小三喊。

雨凤看到弟妹，恍如隔世，一把搂住小三，痛楚地喊：

"对不起，对不起。"

小四忍不住报告：

"早上，慕白大哥……不，展混蛋有来找你耶！"

雨凤心中一抽，眼泪又落下。

雨鹃忽然想起：

"我去把小五叫回来！"

一会儿，小五回来了，立即就冲进了雨凤怀里，尖叫着说：

"大姊！大姊！我以为你和爹娘一样，不要我们了！"

小五一句话，使雨凤更是哽咽不止，雨鹃想到差点要失去她了，也不禁湿了眼眶。雨凤伸手，将弟弟妹妹们紧紧搂住，不胜寒瑟地说：

"抱着我，请你们抱着我！"

小三、小五立刻将雨凤紧紧搂住。雨鹃吸了吸鼻子，伸手握紧雨凤的手：

"无论如何，我们五个还是紧紧地靠在一起，不管现在的情况多么混乱，我们先照旧过日子，看看未来的发展再说！最重要的，是你再也不可以钻牛角尖了！"

雨凤掉着眼泪，点着头，紧紧地搂着弟妹，想从弟妹身上，找到支持住自己的力量。心里，却在辗转呼号着：苍天啊！帮助我忘了他！帮助他好好活着！


云飞和阿超回到家里的时候，已经是黄昏了。伤口缝了线，包扎过了，医生说是必须住院，云飞坚持回家，阿超毫无办法，只得把他带回家。一路上，两人已经商量好了如何"混进"家门。

马车驶进了展家庭院，一直到了第二进院落，阿超才把车子停在一棵隐蔽的大树下。他跳下车子，打开车门，小心翼翼地扶住云飞。云飞早已换了干净的长衫，身上的血迹全部清洗干净了。但是，毕竟失血太多，他虽然拼命支撑，仍然站立不稳，脸色苍白。阿超几乎是架着他往里走。他的头靠在阿超肩上，走得东倒西歪，嘴里有一句没一句地唱着平剧《上天台》，装成喝醉酒的样子。

老罗和几个家丁急忙迎上前来。老罗惊讶地问：

"怎么回事？"

阿超连忙回答：

"没事没事，喝多了！我扶他进去睡一觉就好了，你可别惊动老爷和太太！"

"我知道，我知道，我来帮忙！"老罗说，就要过来帮忙扶。

"不用了，我一个人来就行了，你忙你的去！"阿超急忙阻止，对家丁们挥手，"你们也去！人多了，反而碍手碍脚！"

"是！"老罗满面怀疑地退开。

阿超扶着云飞，快步走进长廊。两个丫头迎上前来，伸手又要扶。

"去去去！都别过来，他刚刚吐了一身，弄脏我一个人就算了！"阿超说着，架着云飞，就匆匆进房。

他们两个，谁都没有注意，远远地，一棵大树后面，天虹正隐在那儿，惊疑不定地看着他们，整个人都紧绷着。

好不容易进了房间，云飞就失去了所有的力气。阿超把他一把抱上了床，拉开棉被，把他密密地盖住。

"总算把老罗他们唬过去了！"阿超惊魂稍定，一直挥汗，"以后，二少爷又可以说了，大白天就醉酒，荒唐再加一条。"低头看他，"你觉得怎样？"

云飞勉强地笑笑：

"大夫不是都说了，伤口长好，就没事了吗？"

阿超好生气：

"大夫不是这样说的，大夫说，刀子再偏半寸，你就没命了！说你失血过多，一定要好好休息和调养！现在，我得去处理车上那些染血的脏衣服，你一个人在这儿，有关系没有？"

"你赶快去，处理干净一点，别留下任何痕迹来！"云飞挥手说。

阿超转身要走，想想不放心：

"我把齐妈叫来，好不好？你伤成这样，想要瞒家里每一个人，我觉得实在不可能，何况，你还要换药洗澡什么的，我可弄不来，齐妈口风很紧，又是你的奶妈，我们可以信任她！"

"就怕齐妈一知道，就会惊动娘！"云飞很犹豫。

"可是，你还要上药换药啊！还得炖一点补品来吃才行啊！"

云飞叹气，支持到现在，已经头晕眼花了，实在没有力气再深思了：

"好吧！可是，你一定要盯着齐妈，代我保密……要不然，雨凤就完了……还有，叫丫头们都不要进房……"

"我知道，我知道，你就别操心了！"

阿超急急地走了。

云飞顿时像个气已泄尽的皮球，整个人瘫痪下来。闭上眼睛，他什么力气都没有了。

一声门响，天虹冒险进来，四顾无人，就直趋床边，她低头看他。云飞的苍白震撼了她。她惊恐地看着他，害怕极了，担心极了，低声问：

"云飞，云飞，你到底怎样了？你不是醉酒，你……"

云飞已经快要昏迷了，听到声音，以为是齐妈，就软弱地叮嘱：

"齐妈，千万别让老爷和太太知道……我好渴……给我一点水……"

天虹冲到桌前，双手颤抖地倒了一杯茶，茶壶和杯子都碰得叮当响。她奔回床边，扶着他的头，把杯子凑到他嘴边。云飞睁开眼睛一看，见到天虹，大吃一惊，差点从床上弹起来，把天虹手里的杯子，都撞落到地上去了。

"天虹……你怎么来了？"

"我看到你进门，我不相信你醉了，我必须弄清楚，你是怎么了？"

云飞有气无力地说：

"你出去，你快走！你待在这儿，给云翔知道了，你的日子更难过了，快走，不要管我，忘记你看到的，就当我醉了……"

天虹盯着云飞，心里又急又怕。忽然间，她什么都不管，就伸手一把掀开棉被，云飞一急，本能地就用手护住伤口，天虹激动地拉开他的手，看到染血的绷带。她立即眼前发黑，快晕倒了，喊：

"啊……你受伤了！你受伤了……"

云飞急坏了，低喊：

"求求你，不要叫……不要叫……你要把全家都吵来吗？"

天虹用手堵住了自己的嘴，激动得一塌糊涂：

"是云翔！是不是？云翔，他要杀你，是不是？是不是？"

"不是！不是！"云飞又急又衰弱。

这时，齐妈和阿超急急忙忙地进来，一看到天虹，齐妈和阿超都傻了。

齐妈回过神来，就慌忙把天虹往门外推去：

"天虹小姐，你赶快回去，如果给人看到你在这儿，你就有几百张嘴，都说不清了！二少爷那个脾气，怎么会放过你，你在玩命呀！"

天虹抓着门框，不肯走：

"可是云飞受伤了，我要弄清楚是怎么回事……我要看看严重不严重，我不能这样就走……"

云飞忍着痛，喊：

"天虹，你过来！"

天虹跑回床边，盯着他。他吸口气，看着她，真挚地说：

"我坦白告诉你，请你帮我保密……我受伤和云翔有间接关系，没直接关系，刺我一刀的是雨凤，那个我要娶的姑娘……这个故事太复杂，我没有力气说，我让阿超告诉你……请你无论如何，紧守这个秘密，好吗？我现在无法保护雨凤，万一爹知道了，她们会遭殃的……我在这儿谢谢你了……"他说着，就勉强支撑起身子，在枕上磕头。

齐妈又是心疼，又是着急，急忙压住云飞，哀求地说：

"你就省省力气吧！已经伤成这个样子了，还不躺着别动！"她抬头对天虹打躬作揖："天虹小姐！你快走吧！"

天虹震撼着。如此巨大的震动，使她连思考的能力都没有了。

阿超把她胳臂一拉：

"我送你出去！"

她就怔怔地，呆呆地，被动地跟着阿超出去了。

云飞虚脱地倒进床，闭上眼睛，真的一点力气都没有了。


雨凤神思恍惚地过了两天，觉得自己已经病了。

展家那儿，一点消息都没有。云飞不知怎样，阿超也没出现，好在云翔也没再来。雨凤和雨鹃照常表演，可是，雨凤魂不守舍，怎样也没办法集中精神。站在台上，看着云飞空下的位子，简直心如刀绞。连着两天，姊妹俩只能唱"楼台会"，两人站在那儿边唱边掉泪。金银花看在眼里，叹在心里。

这晚，金银花到了后台，对姊妹俩郑重地说：

"关于你们姊妹俩的事，我和郑老板仔细地谈过了。你们或者不知道，这桐城的两大势力，一个是控制粮食和钱庄的展家，一个是大风煤矿的郑家，平常被称为'展城南，郑城北'。两家各做各的，平常井水不犯河水。现在，为了你们姊妹两个，郑老板已经交代下去，以后全力保护你们，这个风声只要放出去，展家就不敢随便动你们了！"

雨鹃有点怀疑：

"我觉得那个'展夜枭'是天不怕，地不怕的！"

金银花摇摇头：

"没有人是天不怕，地不怕的！何况他有爹有娘，还有个娇滴滴的老婆呢！总之，我要告诉你们的就是，不必怕他们了，以后，我猜他们也不敢随便来闹我的场！但是，你们两个怎样？"

雨鹃一愣：

"什么我们两个怎样？"

金银花加重了语气：

"你们两个要不要闹我的场呢？会不会唱到一半，看到他们来了，就拿刀拿枪地冲下台去呢？如果你们会这样发疯，我只有把丑话说在前面，你们就另外找工作吧，我待月楼不敢招惹你们！"

雨鹃和雨凤相对一看：

"我懂了，我答应你，以后绝对不在待月楼里面跟人家起冲突，但是，离开了待月楼……"

金银花迅速地接口：

"离开了待月楼，你要怎样闹，要杀人放火，我都管不着！只是，你们还年轻，做任何事情以前，先想想后果是真的！这桐城好歹还有王法……"

雨鹃一个激动，愤怒地说：

"王法！王法不是为我们小老百姓定的，是为他们有钱有势的人定的……"

"哈！你知道这一点就好！我要告诉你的也是这一句，你会有一肚子冤屈，没地方告状，那展家可不会！你们伤了他一根寒毛，五百个衙门都管得着你！"金银花挑起眉毛，提高声音说。

雨鹃一惊，不禁去看雨凤。雨凤脸孔像一张白纸，一点血色都没有。她心里这才明白，云飞千叮咛、万嘱咐，要她守口如瓶，不是过虑。

"反正，我这儿是个酒楼，任何客人来我这儿喝酒吃饭，我都不能拒绝，何况是他们展家的人呢！所以，下次展家的人来了，管他是哥哥还是弟弟，你们两个小心应付，不许出任何状况，行不行？"

雨鹃只得点头。

金银花这才嫣然一笑，说：

"这就没错了……"她看着雨鹃，语重心长地说："其实，要整一个人，不一定要把他杀死，整得他不死不活，自己又没责任，那才算本领呢！"

这句话，雨鹃可听进去了。整天整夜，脑子里就在想如何可以把人"整得不死不活，自己又没责任"。至于雨凤那份凄惶无助，担心痛楚，她也无力去安慰了。

夜里，雨凤是彻夜无眠的。站在窗子前面，凝视着窗外的夜空，她一遍又一遍祈祷：让他没事，让他好起来！她也一遍又一遍自言自语：

"不知道他怎么样了？流那么多血，一定很严重，怎么可能瞒住全家呢？但是，到现在还没有任何动静，大概他真的瞒过去了……那么深的一刀，会不会伤到内脏呢？一定痛死去……可是，他没有叫过一声痛……天啊……"她用手捧着头，衷心如捣，"我好想知道他好不好，谁能告诉我，他好不好？"

床上，雨鹃翻了一个身，摸摸身边，没有雨凤，吓得一惊而醒：

"雨凤！雨凤！"

"我在这儿！"

雨鹃透口气：

"你昨晚就一夜没睡，你现在又不睡，明天怎么上台？过来，快睡吧，我们两个，都需要好好地睡一觉，睡足了，脑子才管用！才能想……怎样可以把人整得不死不活，又不犯法……"

雨凤心中愁苦：

"你脑子里只有报仇吗？"

雨鹃烦躁地一掀棉被：

"当然！我没有空余的脑子来谈恋爱，免得像你一样，被人家耍得团团转，到现在还头脑不清，颠三倒四！"

雨凤怔住，心脏立即痉挛起来。

雨鹃话一出口，已是后悔莫及，她翻身下床，飞快地跑过来，把雨凤紧紧一抱，充满感情地喊：

"我不是有意要刺激你，我是在代你着急啊！醒过来吧，醒过来吧！不要再去爱那个人了！那是一个披着人皮的狼啊！"

雨凤眼泪一掉，紧紧地依偎着雨鹃，心里辗转地呼号：我好想好想那只披着人皮的狼啊！怎么办？怎么办？

*IO*

这天早上，有人在敲院子的大门，小三跑去开门。门一开，外面站着的赫然是阿超。小三一呆，想立即把门关上，阿超早已顶住门，一跨步就进来了。

"我们不跟你做朋友了，你赶快走！"小三喊。

"我只说几句话，说完我就走！"

雨凤、雨鹃听到声音，跑出门来。雨鹃一看到阿超，就气不打一处来，喊着说：

"你来干什么？我们没有人要跟你说话，也没有人要听你说话，你识相一点，就自己出去！我看在你不是'元凶'的分上，不跟你算账！你走！"

"好好的一个姑娘，何必这样凶巴巴？什么'元凶'不'元凶'，真正受伤的人躺在家里不能动，人家可一个'凶'字都没用！"阿超摇头说。

雨凤看到阿超，眼睛都直了，也不管雨鹃怎么怒气腾腾，她就热切地盯着阿超，颤抖着声音，急促地问：

"他，他，他怎样？"

"我们可不可以出去说话！"

"不可以！"雨鹃大声说。

雨凤急急地把她往后一推，哀求地看着她：

"我去跟他说两句话，马上就回来！"

雨鹃生气地摇头，雨凤眼中已满是泪水：

"我保证，我只是要了解一下状况，我只去一会儿！"

雨凤说完，就撂下雨鹃，转身跟着阿超，急急地跑出门去。

到了巷子口，雨凤再也沉不住气，站住了，激动地问：

"快告诉我，他怎么样？严不严重？"

阿超心里有气，大声地说：

"怎么不严重？刀子偏半寸就没命了！流了那么多血，现在躺在那儿动也不能动，我看，就快完蛋了！大概拖不了几天了！"

雨凤听了，脸色惨变，脚下一软，就要晕倒。阿超急忙扶住，摇着她喊：

"没有！没有！我骗你的！因为雨鹃姑娘太凶了，我才这样说的！你想，如果他真的快完蛋，我还能跑来跟你送信吗？"

雨凤靠在墙上，惊魂未定，脸色白得像纸，身子单薄得也像纸，风吹一吹好像就会碎掉，她喘息地问：

"那，那，那……他到底怎样？"

　　阿超看到她这种样子，不忍心再捉弄她了，正色地，诚恳地说：

　　"那天，到圣心医院里，找外国大夫，缝了十几针，现在不流血了。可是，他失血过多，衰弱极了，好在家里滋补的药材一大堆，现在拼命给他补，他自己也恨不得马上好起来，所以，有药就吃，有汤就喝，从来生病，没有这么听话过！"

　　雨凤拼命忍住泪：

　　"家里的人，瞒过去了吗？"

　　"好难啊！没办法瞒每一个人，齐妈什么都知道了，我们需要她来帮忙，换药换绷带什么的，齐妈不会多说话，她是最忠于大少爷的人。至于老爷，我们告诉他，大少爷害了重伤风，会传染，要他不要接近大少爷，他进去看了看，反正棉被盖得紧紧的，他也看不出什么来，就相信了！"

　　"那……他的娘呢？也没看出来吗？"

　　"太太就难了，听到大少爷生病，她才不管传染不传染，一定要守着他。急得我们手忙脚乱，还好齐妈机灵，总算掩饰过去了，太太自己的身体不好，所以没办法一直守着……不过，苦了大少爷，伤口又痛，心里又急，还不能休息，一直要演戏，又担心你这样，担心你那样，担心得不得了。就这样折腾，才两天，整个人已经瘦了一大圈……"

　　雨凤再也控制不住自己，泪珠落下，她急忙掏出手帕拭泪。阿超看到她流泪，一惊，在自己脑袋上敲了一记：

　　"瞧我笨嘛！大少爷千叮咛，万嘱咐，要我告诉你，他什么都好，一点都不严重，不痛也没难受，过两天就可以下床了，要你不要着急！”

雨凤听了，眼泪更多了。

“还有呢，大少爷非常担心，怕二少爷还会去待月楼找你们的麻烦，他说，要你们千万忍耐，不要跟他起冲突，见到他就当没看见，免得吃亏！”

雨凤点点头，吸着鼻子：

“还好，这两个晚上，他都没来！”

“还有一件事很重要，家里都知道你们姊妹了！因为大少爷告诉老爷太太，他要娶你！所以，万一有什么人代表展家来找你们谈判，你们可别动肝火……他说，没有人能代表他做任何事，要你信任他！”阿超又郑重地说。

雨凤大惊：

“什么？他告诉了家里他要娶我……可是，我根本不要嫁他啊！”

“他本来想写一封信给你，可是，他握着笔，手都会发抖……结果信也没写成……”

雨凤听得心里发冷，盯着他问：

“阿超！你老实告诉我，他是不是伤得很严重？”

阿超叹口气，凝视她，沉声地说：

“刀子是你捅下去的，你想呢？”

她立刻用手蒙住嘴，阻止自己哭出来。阿超看到她这个样子，一个冲动，说：

“雨凤姑娘，我有一个建议！”

她抬起泪眼看他。

"他有好多话要跟你说，你又有好多话要问，我夹在中间，讲也讲不清楚，不知道你愿不愿意见他一面？我把你悄悄带进去，再悄悄带出来，管保没有人知道！"

雨凤急急一退，大震抬头，激动地说：

"你到底把我想成什么人？我所以会站在这儿，听你讲这么多，实在因为我一时失手，捅了他一刀，心里很难过！可是，我今生今世，都不可能跟展家的人做朋友，更不可能走进展家的大门！我现在已经听够了，我走了！"

说完，她用手蒙着嘴，转身就跑。

"雨凤姑娘！"阿超急喊。

雨凤不由自主，又站住了。

"你都没有一句话要我带给他吗？"

她低下头去，心里千回百转，爱恨交织，简直不知从何说起。沉默半晌，终于抬起头来：

"你告诉他，我好想念那个苏慕白，可是，我好恨那个展云飞！"她说完，掉头又跑。阿超追着她喊：

"明天早上八点，我还在这儿等你！如果你想知道大少爷的情况，就来找我！说不定他会写封信给你。雨鹃姑娘太凶，我不去敲门，你不来我就走了！"

雨凤停了停，回头看了一眼。尽管阿超不懂男女之情，但是，雨凤眼中的那份凄绝，那份无奈，那份痛楚……却让他深深地撼动了。

所以，阿超回到家里，忍不住对云飞绘声绘色地说：

"这个传话真的不好传，我差点被雨鹃姑娘用乱棍打死，好不容易把雨凤姑娘拉到巷子里，我才说了两句，雨凤姑娘就厥过去了！"

云飞从床上猛地坐起来，起身太急，牵动伤口，痛得直吸气：

"什么？你跟她说了什么？你说了什么？"

"那个雨鹃姑娘实在太气人了，我心里有气，同时，也想代你试探一下，这个雨凤姑娘到底对你怎样，所以，我就告诉她，你只剩一口气了，拖不过几天了，就快完了！谁知道，雨凤姑娘一听这话，眼睛一瞪，人就厥过去了……"阿超说。

云飞急得想跳下床来：

"阿超……我揍你……"

阿超急忙更正：

"我说得太夸张了，事实上，是'差一点'就厥过去了！"

齐妈过来，把云飞按回床上，对阿超气呼呼地说：

"你怎么回事？这个节骨眼，你还要跟他开玩笑？到底那雨凤姑娘是怎样？"

阿超看着云飞，正色地，感动地叹了口气：

"真的差点厥过去了，还好我扶得快……我觉得，这一刀虽然是捅在你身上，好像比捅在她自己身上，还让她痛！可是……"

"可是什么？"云飞好急。

"可是，她对展家，真的是恨得咬牙切齿。她说有一句话要带给你：她好想念那个苏慕白，可是，好恨那个展云飞！"

云飞震动地看着阿超，往床上一倒：

"唉，我急死了，怎样才能见她一面呢？"

第二天一早，雨凤实在顾不着雨鹃会不会生气，就迫不及待地到了巷子口。

她一眼看到云飞那辆马车停在那儿，阿超在车子旁边走来走去，等待着。她就跑上前去，期盼地问：

"阿超，我来了。他好些没有？有没有写信给我？"

阿超把车门打开：

"你上车，我们到前面公园里去说话！"

"我不要！"雨凤一退。

阿超把她拉到车门旁边来：

"上车吧！我不会害你的！"

雨凤还待挣扎，车上，有个声音温柔地响了起来：

"雨凤！上车吧！"

雨凤大惊，往车里一看，车上赫然躺着云飞。雨凤不能呼吸了，眼睛瞪得好大：

"你……你怎么来了？"

"你不肯来见我，只好我来见你了！"云飞软弱地一笑。

阿超在一边插嘴：

"他发疯了，说是非见你不可，我没办法，只好顺着他，你要是再不上车，他八成会跳下车来，大夫已经再三叮嘱，这伤口就怕动……"

阿超的话还没说完，雨凤已经钻进车子里去了。阿超一面关上车门，一面说：

"我慢慢驾车，你们快快谈！"阿超跳上驾驶座，车子踢踢踏踏向前而去。

雨凤身不由己地上了车。看到椅垫上铺着厚厚的毛毯，云飞形容憔悴地躺在椅垫上，两眼都凹陷下去了，显得眼珠特别地黑。唇边虽然带着笑，脸色却难看极了。雨凤看到他这么憔悴，已经整颗心都像扭麻花一样，绞成一团。他看到雨凤上了车，还想支撑着坐起身，一动，牵动伤口，痛得咬牙吸气。

她立即扑跪过去，按住他的身子，泪水一下子就冲进了眼眶：

"你不要动！你躺着就好！"

云飞依言躺下，凝视着她：

"好像已经三百年没有看到你了……"他伸手去握她的手："你好不好？"

雨凤想把自己的手抽回来，他紧握着不放。她闭了闭眼睛，泪珠滚落：

"我怎么会好呢？"

他抬起一只手来，拭去她的泪，歉声地说：

"对不起。"

她立即崩溃了，一面哭着，一面喊：

"你还要这样说！我已经捅了你一刀，把你弄成这样，我心里难过得快要死掉，你还在跟我说'对不起'，我不要听你说'对不起'，我承受不起你的'对不起'！"

"好好！我不说对不起，你不要激动，我说'如果'，好不好？”

雨凤掏出手帕，狼狈地拭去泪痕。

“‘如果’我不是展云飞，‘如果’我和你一样恨展云翔，‘如果’我是展家的逃兵，‘如果’我确实是苏慕白……你是不是还会爱我？”他深深切切地瞅着她。

雨凤柔肠寸断了：

“你说这些还有什么用？你的‘如果论’全是虚幻的，全是不可能的，事实就是你骗了我，事实你就是展云飞……我……”她忽然惊觉，怎么？她竟然还和他见面！他是展云飞啊！她看看四周，顿时慌乱起来：“怎么糊里糊涂又上了你的车，雨鹃会把我骂死！不行，不行……”她用力抽出手，跳起来，喊：“阿超，停车！我要下车！”又看了云飞一眼：“我不能跟你再见面了！”

云飞着急，伸手去拉她：

“坐下来，请你坐下来！”

“我不要坐下来！”她激动地喊。

云飞一急，从椅垫上跳起来，伸手用力拉住她。这样跳动，伤口就一阵剧痛，他咬紧牙关，站立不住，跟跄地跌坐在椅子上，大颗大颗的汗珠，从额上滚下。他挣扎忍痛，弯腰按住伤口，痛苦地说：

“雨凤，我真的会被你害死！”

她睁大眼睛看着他，跟着他吸气，跟着他冒出冷汗，好像痛的是她自己。

“你……你……好痛，是不是？”她颤声问。

"'如果'你肯好好地坐下，我就比较不痛了！"

她扶着椅垫，呆呆地坐下，双眼紧紧地看着他，害怕地说：

"让马车停下来，好不好？这样一直颠来颠去，不是会震动伤口吗？"

"'如果'你不逃走，'如果'你肯跟我好好谈，我就叫阿超停车。"

她投降了，眼泪一掉：

"我不逃走，我听你说！"

阿超把马车一直驶到桐城的西郊，玉带溪从原野上缓缓流过。四周一个人影都没有，安静极了。阿超看到前面有绿树浓荫，周围风景如画，就把车子停下。把云飞扶下车子，扶到一棵大树下面去坐着，再把车上的毛毯抱过来，给他垫在身后。雨凤也忙着为他铺毛毯，盖衣服，塞靠垫。阿超看到雨凤这样，稍稍放心，他就远远地避到一边，带着马儿去吃草。但是，他的眼神却不时瞟了过来，密切注意着两人的行动，生怕雨凤再出花样。

云飞背靠着大树，膝上，放着一本书。他把书递到雨凤手中，诚挚地说：

"一直不敢把这本书拿给你看，因为觉得写得不好，如果是外行的人看了，我不会脸红。但是，你不同，你有很好的文学修养，你又是我最重视的人，我生怕在你面前，暴露我的弱点……这本书，也就一直不敢拿出来，现在，是没办法了！"

雨凤狐疑地低头，看到书的封面印着："生命之歌　苏慕白著"。

"苏慕白？"她一震，惊讶地抬起头来。

"是的，苏慕白。这是我的笔名。苏轼的苏，李白的白，我羡慕这两个人，取了这个名字。所以，你看，我并不是完全骗你，苏慕白确实是我的名字。"

"这本书是你写的？"她困惑地凝视他。

"是的，你拿回去慢慢看。看了，可能对我这个人，更加深一些了解，你会发现，和你想象的展云飞，是有距离的！"

她看看书，又看看他，越来越迷惘：

"原来，你是一个作家？"

"千万别这么说，我会被吓死。哪有那么容易就成'家'呢！我只是很爱写作而已，我爱所有的艺术，所有美丽的东西，包括：音乐，绘画，写作，你！"

她一怔：

"你又来了，你就是这样，花言巧语地，把我骗得糊里糊涂！那么……"她忽然眼中闪着光彩，热盼地说："你不是展云飞，对不对？你是他们家收养的……你是他们家的亲戚……"

"不对！我是展云飞！人，不能忘本，不能否决你的生命，我确实是展祖望的儿子，云翔是我同父异母的弟弟！"他沉痛地摇头，坦白地说，不能再骗她了。

雨凤听到云翔的名字，就像有根鞭子，从她心口猛抽过去，她跳了起来：

"我就是不能接受这个！随你怎么说，我就是不能接受这个！"

他伸手抓住她，哀恳地看着她：

"我今天没办法跟你长篇大论来谈我的思想、我的观念、我的痛苦、我的成长、我的挣扎……这一大堆的东西，因为我真的太衰弱了！请你可怜我抱病来见你这一面，不要和我比体力，好不好？"

她重新坐下，泪眼凝注：

"我真的不知道要怎么办才好！你把我弄得一团乱，我一会儿想到你的好，就难过得想死掉，一会儿想到你的坏，就恨得想死掉……哦，你不会被我害死，我才会被你害死！"

他直视着她，眼光灼灼然地看进她的内心深处去：

"听你这篇话，我好心痛，可是，我也好高兴！因为，你每个字都证明，你是喜欢我的！你不喜欢的，只是我的名字而已！如果你愿意，这一生，你就叫我慕白，没有关系！"

"哪里有一生，我们只有这一刻，因为，见过你这一面以后，我再也不会见你了！"雨凤眼泪又掉下来了。

他瞪着她：

"这不是你的真意！你心里，是想和我在一起的！永远在一起的！"

"我不想！我不想！"她疯狂地摇头。

他伸手捧住她的头，不许她摇头，热切地说：

"不要摇头，你听我说……"

"我不能再听你，我一听你，就会中毒！雨鹃说，你是披着人皮的狼，你是迷惑唐僧的妖怪……你是变化成苏慕白的展云飞……我不能再听你！"

"你这么说，我今天不会放你回去了！"

"你要怎样？把我绑票吗？"

"如果必要，我是会这样做的！"

她一急，用力把他推开，站了起来。他跳起身子，不顾伤口，把她用力捉住。此时此刻，他顾不得痛，见这一面，好难！连阿超那儿，都说了一车子好话。他不能再放过机会！他搂紧了她，就俯头热烈地吻住了她。

他的唇发着热，带着那么炙烈的爱，那么深刻的歉意，那么缠绵的情意，那么痛楚的渴盼……雨凤瓦解了，觉得自己像一座在火山口的冰山，正被熊熊的火，烧烤得整个崩塌。她什么力气都没有了，什么思想都没有了。只想，就这样化为一股烟，缠绕他到天长地久。

水边，阿超回头，看到这一幕，好生安慰，微笑地转头去继续漫步。

一阵意乱情迷之后，雨凤忽然醒觉，惊慌失措地挣脱他：

"给人看见，我会羞死……"

他热烈地盯着她：

"男女相爱，是天经地义的事，没有什么需要害羞的！何况，这儿除了阿超之外，什么人都没有！阿超最大的优点就是，该看见的他会看见，该看不见的，他就看不见！"

"可是，当我捅你一刀的时候，他就没看见啊！"

"这一刀吗？他是应该看不见的，这是我欠你的！为了……我骗了你，我伤了你的心，我姓展，我的弟弟毁了你的家……让这一刀，杀死你不喜欢的展云飞，留下你喜欢的那个苏慕白，好不好？"

他说得那么温柔，她的心，再度被矛盾挤压成了碎片：

"你太会说话，你把我搞得头昏脑涨，我……我就知道不能听你，一听你就会犯糊涂……我……我……"

她六神无主，茫然失措地抬头看他，这种眼神，使他心都碎了。他激动地再把她一抱：

"嫁我吧！"

"不不不！不行！绝对不行……"

她突然醒觉，觉得脑子轰地一响，思想回来了，意识清醒了，顿时间，觉得无地自容。这个人，是展家的大少爷呀！父亲尸骨未寒，自己竟然投身在他的怀里！她要天上的爹，死不瞑目吗？她心慌意乱，被自责鞭打得遍体鳞伤，想也不想，就用力一推。云飞本来就忍着痛，在勉力支持，被她这样大力一堆，再也站不稳，跌倒在地。痛得抱住肚子，呻吟不止。

雨凤转头要跑，看到他跌倒呻吟，又惊痛不已，扑过来要扶他。

阿超远远一看，不得了！好好抱在一起，怎么转眼间又推撞在地？他几个飞蹿，奔了过来，急忙扶起云飞：

"你们怎么回事？雨凤姑娘，你一定要害死他吗？"

雨凤见阿超已经扶起云飞，就用手捂住嘴，哭着转身飞奔而去。她狂奔了一阵，听到身后马蹄哒哒，回头一看，阿超驾着马车追了上来。

云飞开着车门，对她喊：

"你上车，我送你回去！"

雨凤一面哭，一面跑：

"不不！我不上你的车，我再也不上你的车！"

"我给你的书，你也不要了吗？"他问。

她一怔，站住了：

"你丢下车来给我！"

马车停住，阿超在驾驶座上忍无可忍地大喊：

"雨凤姑娘，你别再折腾他了，他的伤口又在流血了！"

雨凤一听，惊惶、心痛、着急、害怕……各种情绪，一齐涌上心头，理智再度飞走，她情不自禁又跳上了车。

云飞躺着，筋疲力尽，脸色好白好白，眼睛好黑好黑。她跪在他面前，满脸惊痛，哑声喊：

"给我看！伤口怎样了？"

她低下头，去解他的衣纽，想察看伤口。他伸手握住她的手，握得她发痛，然后把她的手紧压在自己的心脏上：

"别看了！那个伤口没流血，这儿在流血！"

雨凤眼睛一闭，泪落如雨。那晶莹的点点滴滴，不是水。这样的热泪不是水，是火山喷出的岩浆，有燃烧般的力量。每一滴都直接穿透他的衣服皮肉，烫痛了他的五脏六腑。他盯着她，恨不得和她一起烧成灰烬。他们就这样相对凝视，一任彼此的眼光，纠纠缠缠，痴痴迷迷。

车子走得好快，转眼间，已经停在萧家小院的门口。

雨凤拿着书，胡乱地擦擦泪，想要下车。他紧紧地拉住她的手，不舍得放开：

"记住，明天早上，我还在巷子里等你！"

"你疯了？"她着急地喊，"你不想好起来是不是？你存心让我活不下去是不是？如果你每天这样动来动去，伤口怎么会好呢？而且，我明天根本不会来，我说了，我们不能再见面了！"

"不管你来不来，我反正会来！"

她凝视他，声音软化了，几乎是哀求地：

"你让我安心，明天好好在家里养病，不要这样折磨我了，好不好？"

他立刻被这样的语气撼动了：

"那么，你也要让我安心，不要再说以后不见面的话，答应我回去好好地想一想，明天，我不来，阿超也会来，你好歹让他带个信给我！"

她哀恻地看了他一眼，不置可否，挣脱了他的手，跳下车。

她还没有敲门，四合院的大门，就"豁啦"一声开了，雨鹃一脸怒气，挺立在门口。阿超一看雨鹃神色不善，马马虎虎地打了一个招呼，就急急驾车而去。

雨鹃对雨凤生气地大叫：

"你又是一大清早就不告而别，一去就整个上午，你要把我们大家吓死吗？"

雨凤拿着书冲进门，雨鹃重重地把门碰上。追着她往屋内走，喊着：

"阿超把你带到哪里去了？你老实告诉我！"

雨凤低头不语。雨鹃越想越疑惑，越想越气，大声说：

"你去跟他见面了，是不是？难道你去了展家？"

"没有！我怎么可能去展家呢？是……他根本就在车上！"

"车上？你不是说他受伤了？"

"他是受伤了，可是，他就带着伤这样来找我，所以我……"

"所以你就跟他又见面了！"雨鹃气坏了，"你这样没出息！我看，什么受伤，八成就是苦肉计，大概是个小针尖一样的伤口，他就给你夸张一下，让你心痛，骗你上当，如果真受伤，怎么可能驾着马车到处跑！你用用大脑吧！"

"你这样说太不公平了！那天，你亲眼看到我衣服上的血迹，你帮我清洗的，那会有假吗？"雨凤忍不住代云飞辩护。

小三、小四、小五听到姊姊的声音，都跑了出来：

"大姊！我们差一点又要全体出动，去找你了！"

小五扑过来，拉住雨凤的手：

"你买了一本书吗？"

雨凤把书放在桌上，小三拿起书来，念着封面：

"生命之歌，苏慕白著。咦，苏慕白！这不就是慕白大哥的名字吗？"

小三这一喊，小四、小五、雨鹃全都伸头去看。

"苏慕白？大姊，真有苏慕白这个人吗？"小四问。

雨鹃伸手抢过那本书，看看封面，翻翻里面。满脸惊愕。

"这又是怎么一回事？"

雨凤把书拿回来，很珍惜地抚平封面，低声说：

"这是他写的书，他真的还有一个名字，叫作苏慕白。"

雨鹃瞪着雨凤，忽然之间爆发了：

"嗬！他的花样经还真不少！这会儿又变出一本书来了！明天说不定还有身份证明文件拿给你看，证明他是苏慕白，不是展云飞！搞不好他会分身术，在你面前是苏慕白，回家就是展云飞！"她忍无可忍，对着雨凤大喊："你怎么还不醒过来？你要糊涂到什么时候？除非他跟展家毫无关系，要不然，他就是我们的仇人，就是烧我们房子的魔鬼，就是杀死爹的凶手……"

"不不！你不能说他是凶手，那天晚上他并不在场，凶手是展云翔……"

雨鹃更气，对雨凤跳脚吼着：

"你看你！你口口声声护着他！你忘了那天晚上，展家来了多少人？一个队伍耶！你忘了他们怎样用马鞭抽我们？对爹拳打脚踢？你忘了展夜枭用马鞭钩着我们的脖子，在那杀人放火的时刻，还要占我们的便宜？你忘了爹抱着小五从火里跑出来，浑身烧得皮开肉绽，面目全非……"

"不要说了，不要再说了……"雨凤用手抱住头，痛苦地叫。

"我怎么能不说，我不说你就全忘了！"雨鹃激烈地喊，"如果有一天，你会叫展祖望做爹，你会做展家的儿媳妇，做展夜枭的嫂嫂，将来还要给展家生儿育女……我们不如今天立刻斩断姊妹关系，我不要认你这个姊姊！你离开我们这个家，我一个人来养弟弟妹妹！"

雨凤听到雨鹃这样说，急痛钻心，哭着喊：

"我说过我要嫁他吗？我说过要进他家的门吗？我不过和他见了一面，你就这样编派我……"

"见一面就有第二面，见第二面就有第三面！如果你不拿出决心来，我们迟早会失去你！如果你认贼作父，你就是我们的敌人，你懂不懂？懂不懂……"

姊妹吵成这样，小三、小四、小五全傻了。小五害怕，又听到雨鹃说起父亲"皮开肉绽"等话，一吓，哇的一声，哭了。

"我要爹！我要爹……"小五喊着。

雨鹃低头对小五一凶：

"爹！爹在地底下，被人活活烧死，喊不回来，也哭不回来了！"

小五又哇的一声，哭得更加厉害。

雨凤对雨鹃脚一跺，红着眼眶喊：

"你太过分了！小五才七岁，你就一点都不顾及她的感觉吗？你好残忍！"

"你才残忍！为了那个大骗子，你要不就想死，要不就去跟他私会！你都没有考虑我们四个人的感觉吗？我们四个人加起来，没有那一个人的分量！连死去的爹加起来，也没有那一个人的分量！你要我们怎么想？我们不是一体的吗？我们不是骨肉相连的吗？我们没有共同的爹，共同的仇恨吗……”

小四看两个姊姊吵得不可开交，脚一跺，喊着：

“你们两个为什么要这样吵吵闹闹吗？自从爹死了之后，你们常常就是这样！我好讨厌你们这样……我不管你们了，我也不要念书了，我去做工，养活我自己，长大了给爹报仇！”他说完，转身就往屋外跑。

雨凤伸手，一把抓住了他，崩溃了，哭着喊：

“好了好了，都是我的错！我不该偷偷跑出去，不该和他见面，不该上他的车，不该认识他，不该不该不该！反正几千几万个不该！现在我知道了，我再也不见他了，不见他了……请你们不要离开我，不要遗弃我吧！”

小五立刻扑进雨凤怀里。

“大姊！大姊，你不哭……你不哭……”小五抽噎着说。

雨凤蹲下身子，把头埋在小五肩上，泣不成声。小五拼命用衣袖帮她拭泪。

小三也泪汪汪，拉拉雨鹃的衣袖：

“二姊！好了啦，别生气了嘛！”

雨鹃眼泪夺眶而出，跪下身子，把雨凤一抱，发自肺腑地喊：

“回到我们身边来吧！我们没有要离开你，是你要离开我们呀！”

雨凤抬头，和雨鹃泪眼相看，什么话都说不出来。五个兄弟姊妹紧拥着，雨凤的心底，是一片凄绝的痛，别了！慕白！她看着那本《生命之歌》，心里崩裂地喊着：你的生命里还有歌，我的生命里，只有弟弟妹妹了！明天……明天的明天……明天的明天的明天……我都不会去见你了！永别了！慕白！

事实上，第二天，云飞也没有去巷口，因为，他没办法去了。

经过是这样的，这天，云翔忽然和祖望一起来"探视"云飞。

其实，自从云飞"醉酒回家"，接着"卧病在床"，种种不合常理的事情，瞒得住祖望，可瞒不住纪总管。他不动声色，调查了一番，就有了结论。当他告诉了云翔的时候，云翔惊异得一塌糊涂：

"你说，老大不是伤风生病？是跟人打架挂彩了？"

"是！我那天听老罗说，阿超把他带回来那个状况，我直觉就是有问题！我想，如果是挂彩，逃不掉要去圣心医院，你知道医院里的人跟我都熟，结果我去一打听，果然！说是有人来找外国大夫治疗刀伤，他用的是假名字，叫作'李大为'，护士对我说，还有一个年轻人陪他，不是阿超是谁？"

"所以呢，这两天我就非常注意他房间的情况，我让小莲没事就在他门外逛来逛去，那个齐妈和阿超几乎整天守在那儿，可是，今天早上，阿超和云飞居然出门了，小莲进去一搜，找到一段染血的绷带！"天尧接着说。

云翔一击掌，在房间里走来走去，兴奋得不得了：

"哈！真有此事？怎么可能呢？阿超整天跟着他，功夫那么好，谁会得手？这个人本领太大了，你有没有打听出来是谁干的，我要去跟他拜把子！”

"事情太突然，我还没有时间打听是谁下的手，现在证明了一件事，他也有仇家，而且，他千方百计不要老爷知道，这是没错的了！我猜，说不定和萧家那两个妞儿有关，在酒楼捧戏子，难免会引起争风吃醋的事！你功夫高，别人可能更高！”

"哈！太妙了！挂了彩回家不敢说！这里面一定有文章，一定不简单！你知道他伤在哪里吗？”

"护士说，在这儿！”纪总管比着右腰。

云翔抓耳挠腮，乐不可支：

"我要拆穿他的西洋镜，我要和爹一起去'问候'他！”

云翔找到祖望，先来了一个"性格大转弯"，对祖望好诚恳地说：

"爹，我要跟您认错！我觉得，自从云飞回来，我就变得神经兮兮，不太正常了！犯了很多错，也让你很失望，真是对不起！”

祖望惊奇极了，简直不相信自己的耳朵：

"怎么忽然来跟我讲这些？你不是觉得自己都没错吗？”

"在工作上，我都没错。就拿萧家那块地来说，我绝对没有去人家家里杀人放火，你想我会吗？这都是云飞听了萧家那两个狐狸精挑拨的，现在云飞被迷得失去本性，我说什么都没用。可是，你得相信我，带着天尧去收账是真的，要收回这块地也是真的，帮忙救火也是真的！我们毕竟是书香门第，以忠孝传家，你想，我会那么没水准，做那么低级的事吗？”

祖望被说动了，他的明意识和潜意识，都愿意相信云翔的话：

“那么，你为什么要认错呢？”

“我错在态度太坏，尤其对云飞，每次一看到他就想跟他动手，实在有些莫名其妙！爹，你知道吗？我一直嫉妒云飞，嫉妒得几乎变成病态了！这，其实都是你造成的！从小，我就觉得你比较重视他，比较疼他。我一直在跟他争宠，你难道都不知道吗？我那么重视你的感觉，拼命要在你面前表现，只要感觉你喜欢云飞，我就暴跳如雷了！”

祖望被云翔感动了，觉得他说的全是肺腑之言，就有些歉然起来：

“其实，你弄错了，在我心里，两个儿子是一模一样的！”

“不是一模一样的！他是正出，我是庶出。他会念书，文质彬彬，我不会念书，脾气又暴躁，我真的没有他优秀。我今天来，就是要把我的心态，坦白地告诉你！我会发脾气，我会毛毛躁躁，我会对云飞动手，我会口出狂言，都因为我好自卑。”

“好难得，你今天会对我说这一篇话，我觉得珍贵极了。其实，你不要自卑，我绝对没有小看你！只是因为你太暴躁，我才会对你大声说话！”祖望感动极了。

“以后我都改！我跟您道歉之后，我还要去和云飞道歉……他这两天病得好像不轻，说不定是被我气得……”说着，就抬眼看祖望，"爹！一起去看看云飞吧！他那个'伤风'，好像来势汹汹呢！"

祖望那么感动，那么安慰。如果两个儿子能够化敌为友，成为真正的兄弟，他的人生，夫复何求？于是，父子两个就结伴来到云飞的卧室。

阿超一看到云翔来了，吓了一跳，急忙在门口对里面大喊：

"大少爷！老爷和二少爷来看你了！"

云翔对阿超的"报信"，不怀好意地笑了笑。阿超觉得很诡异，急忙跟在他们身后，走进房间。

云飞正因为早上和雨凤的一场见面，弄得心力交瘁，伤口痛得厉害，现在昏昏沉沉地躺着。齐妈和梦娴守在旁边，两个女人都担心极了。

云飞听到阿超的吼叫，整个人惊跳般地醒来，睁大了眼睛。祖望和云翔已经大步走进房。梦娴急忙迎上前去：

"你怎么亲自来了？"

齐妈立刻接口：

"老爷和二少爷外边坐吧，当心传染！"就本能地拦在床前面。

云翔推开齐妈：

"哎，你说的什么话？自家兄弟，怕什么传染？"他直趋床边，审视云飞："云飞，你怎样？怎么一个小伤风就把你摆平了？"

云飞急忙从床上坐起来，勉强地笑笑：

"所以说，人太脆弱，一点小病，就可以把你折腾得坐立不安。"

阿超紧张地往床边挤，祖望一皱眉头：

"阿超，你退一边去！"

阿超只得让开。

祖望看看云飞，眉头皱得更紧了：

"怎么？气色真的不大好……"他怀疑起来，而且着急："是不是还有别的病？怎么看起来挺严重的样子？"

"我叫老罗去把朱大夫请来，给云飞好好诊断一下！"云翔积极地说。

梦娴不疑有他，也热心地说：

"我一直说要请朱大夫，他就是不肯！"

云飞大急，掀开棉被下床来：

"我真的没有什么，千万不要请大夫，我早上已经去看过大夫了，再休息几天，就没事了。来，我们到这边坐。"

云飞要表示自己没什么，往桌边走去。云翔伸手就去扶：

"我看你走都走不动，还要逞强！来！我扶你！"

阿超一看云翔伸手，就急忙推开祖望，想冲上前去，谁知用力太猛，祖望竟跌了一跤，阿超慌忙弯腰扶起他。祖望惊诧得一塌糊涂，大怒地喊：

"阿超，你干吗？"

就在这电光石火之间，云翔已背对大家，遮着众人的视线，迅速地用膝盖，用力地在云飞的伤处撞击过去。

云飞这一下，痛彻心肺，跌落于地，身子弯得像一只虾子，忍不住大叫：

"哎哟！"

云翔急忙弯腰扶住他，伸手在他的伤处又狠狠地一捏，故作惊奇地问：

"怎么了？突然发晕吗？哪儿痛？这儿吗？"再一捏。

云飞咬牙忍住痛，脸色惨白，汗如雨下。

阿超一声怒吼，什么都顾不得了，扑过来撞开云翔，力道之猛，使他又摔倒在地。他直奔云飞，急忙扶起他。云翔爬起身，惊叫着：

"阿超，你发什么神经病？我今天来这儿，是一番好意，要和云飞讲和，你怎么可以打人呢？爹，你瞧，这阿超像一只疯狗一样，满屋子乱窜，把你也撞倒，把我也撞倒，这算什么话？"

祖望没看到云翔所有的小动作，只觉得情况诡异极了，抬头怒视阿超，大骂：

"阿超！你疯了？你是哪一根筋不对？"

齐妈紧张地扶住云飞另一边，心惊胆战地问：

"大少爷，你怎样了？"

云飞用手捧住腹部，颤巍巍地还想站直，但是力不从心。踉跄一下，血迹从白裤子上沁出，一片殷然。阿超还想遮掩，急忙用身子遮住，把云飞放上床。

云翔立刻指着云飞的衣服尖叫：

"不好！云飞在流血！原来他不是伤风，是受伤了！"

梦娴大惊，急忙伸头来看，一见到血，就尖叫一声，晕倒过去。

齐妈简直不知道该先忙哪一个，赶紧去扶梦娴：

"太太！太太！太太……"

祖望瞪着云飞，一脸的震惊和不可思议：

"你受了伤？为什么受了伤不说？是谁伤了你？给我看……给我看……"

祖望走过去，翻开云飞的衣服，阿超见势已至此，无法再掩饰，只能眼睁睁让他看。于是，云飞腰间密密缠着的绷带全部显露，血正迅速地将绷带染红。祖望吓呆了，惊呼着：

"云飞！你这是……这是怎么回事啊……"

云飞已经痛得头晕眼花，觉得自己的三魂六魄，都跟着那鲜红的热血，流出体外，他什么掩饰的力量都没有了，倒在床上，呻吟着说：

"我不要紧，不要紧……"

祖望大惊失色，直着脖子喊：

"来人呀！来人呀！快请大夫啊！"

云翔也跟着祖望，直着脖子大叫：

"老罗！天尧！阿文！快请大夫，快请大夫啊……"

云飞的意识在涣散，心里剩下唯一的念头：雨凤，我的戏演不下去了，我失误了，怎么办？谁来保护你？谁来照顾你？雨凤……雨凤……雨凤……他晕了过去，什么意识都没有了。

（京权）图字：01-2024-1711

**图书在版编目（CIP）数据**

苍天有泪.1，无语问苍天/琼瑶著. -- 北京：作家出版社，2024.10

（琼瑶作品大合集）

ISBN 978-7-5212-2859-5

Ⅰ.①苍…　Ⅱ.①琼…　Ⅲ.①言情小说－中国－当代　Ⅳ.①I247.5

中国国家版本馆 CIP 数据核字（2024）第 089646 号



苍天有泪1　无语问苍天

---

作　　　者：琼　瑶
责任编辑：方　叒
装帧设计：棱角视觉　纸方程·于文妍
出版发行：作家出版社有限公司
社　　　址：北京农展馆南里 10 号　　　邮　　编：100125
电话传真：86-10-65067186（发行中心）
　　　　　　86-10-65004079（总编室）
E-mail: zuojia@zuojia.net.cn
http://www.zuojiachubanshe.com


字　　　数：141 千
印　　　张：7.125
版　　　次：2024 年 10 月第 1 版
印　　　次：2024 年 10 月第 1 次印刷
ISBN 978-7-5212-2859-5
定　　　价：36.00 元

---

品　琼　瑶　经　典
忆　匆　匆　那　年